理花のおかしな実験室⑬

究極のこたえ

やまもとふみ・作
nanao・絵

角川つばさ文庫

もくじ

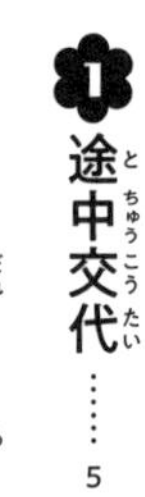

小6。理科がトクイ。
そらとお菓子作りを
することに。

小6。クラスで一番のイケメン！
実はパティシエめざして修業中。

石橋脩

小6。転校生。
勉強が趣味。

広瀬ユウ

小6。そらのいとこで、
シェフ志望。

金子ゆり

小6。理花たちの
クラスメイト。

1 途中交代

「で、でも、途中から試合に出られるかも、しれないんだよね？」

ユウちゃんの言葉で固まっていたわたし――**佐々木理花**は、でも、すぐに気持ちを切り替えてそう言った。

『ソラが、先発ピッチャーから外れた』

さっきユウちゃんにそう告げられた。

そらくん――**広瀬蒼空くん**は、プロ野球のジュニアチームに選ばれて、今日はそのトーナメント初日なんだ。

『おれも先発ピッチャーになれるようにがんばるから』

そらくんは先発ピッチャーになりたいって、ずっとがんばっていた。それを知ってるからショックだった。

でも……そうだ。

『先発ピッチャーってのは、最初に投げるピッチャーのことなんだ。交代であとから出てくるピッチャーもいるけど、先発だったら確実に試合に出られる』

そらくん言ってた。交代であとから出てくるピッチャーもいるって。

だから、先発じゃなくてもあとから出てくることだってある、はず……だよね？

野球に詳しくなくってよくわかんないけど！

「うん、途中出場はあり得る。でも……ソラ、先発で出たいって言ってたから、たぶん落ち込んでる。実力不足だって強がってたけどさ」

実力不足？　って、そんなわけないよ！

そう思ったわたしの頭の中に、ふと、クリスマスイブに見たそらくんの顔が浮かぶ。

そらくん、インフルエンザにかかってしまって、練習がしばらくできなかったんだ。

もしかしたら……それが原因だったりする？

「ま、きっとすぐに気持ち切り替えると思うけどさ。ほら、あいつ、切り替え早いし」

そうだよね、きっと！

お菓子作りで失敗しても、すぐに立ち直ってたもん。

きっと、今度だって大丈夫。

わたしは顔を上げてうなずいた。

わたしはユウちゃんの家族と、ゆりちゃんななちゃんみぃちゃんと桔平くんと一緒に電車に乗り込んだ。

そらくんの家族は先に行って準備をしてるらしい。

年末だからか、人があんまりいなくて、電車は結構空いていた。

たどり着いた神宮球場の入り口では、応援の人が列を作っていた。

みんなの手にはチームの横断幕とか、のぼりとか、ペナントとかがあって、応援ムードがすごくてびっくりする。

わああ、大きな試合だとこんなグッズ使ったりするんだ!? わたし、何も応援グッズ持ってきてないよ～！

とにかく寒さ対策だけはしっかりって言われたから、たくさん着込んで、カイロも貼って、もこもこの格好でやってきたんだ。

「割と人多いね。プロ野球に比べたら少ないけど」

ユウちゃんは、ここにプロ野球の試合を見にきたことがあるらしい。

そらくんもだろうな。

そんなことを思いながら、ソワソワと辺りを見回す。

みんなどこか緊張した顔をしていた。

それはそうだよね、出場する選手が自分のこどもだったり、ともだちだったりするんだもん。

自分のことのように緊張してしまうの、わかった。

そらくんが試合に出られますように。

わたしは祈るように両手を握りしめると、人の流れに乗って球場に入る。


冷たい風が、球場の土を舞い上げている。

そらくんのパパ、ママ、おじいちゃん、それから叶さんと合流してわたしたちは観客席に座っていた。

そんな中、選手が集まって整列する。

選手はみんな、ユニフォームとアンダーシャツっていう薄着だ。

なのに気合いがすごくて、寒さをみじんも感じさせない。

「プレイボール！」

試合が始まると、応援が客席から湧き上がった。

そんな熱い雰囲気の中、そらくんの出番はなかなか来ない。

そらくんのチームは、背番号1をつけた大きな子がピッチャーをしていて、豪速球でどんどん三振を取っていた。

その子、本当に大きくて、球が速くて、ホームランも打っていて。

髪が長いけど……もしかしたら女子なのかな？

スコアボードを見ると、どうやら**菅野さん**というらしい。

「すごい〜！　あの子カッコよすぎ〜!!」

スポーツをしてるから共感するのか、ななちゃんがキラキラした目で応援している。

どうやらファンになってしまったみたい。

気持ちはわかるけど、そらくんのことを考えると、心があまり穏やかじゃなかった。

だってそらくん、絶対悔しがってる。

試合はそらくんチームが一点リードのまま、四回に入る。

「最終回まであと二回しかない」

そらくんのパパがムズカシイ顔で言う。そうなんだ？

「少年野球だから六イニング制で短いんだよ」

ユウちゃんの説明を聞いたところで、わたしはあれって思う。

守備に入ったのに、菅野さんがベンチから出てこなかったから。

すると放送が流れた。

『選手の交代をお知らせします。ピッチャーの菅野さんに代わりまして、広瀬蒼空くん。ピッチャー、広瀬くん、背番号11』

わあああ‼

わたしは思わず立ち上がってしまう。

「ソラ、やったじゃん！」

ユウちゃんが言って、みんなでハイタッチをする。

ドキドキしながら見ていると、そらくんがマウンドに出てきた。

その顔はキリッとしていて、気合十分って感じ。

わあああ！　ようやくそらくんの活躍、見られるよ‼

と思ってたんだけど——。

そらくんのボールは荒れて、高かったり、低かったり。

投げ始めてから一球もストライクが入らない。

どうしたんだろう……。

「うーん……いつものソラじゃない。いつもだったらもっとストライク入るのに」

ユウちゃんが唸る。

その隣に座っていたそらくんのパパも、厳しい顔。

「球がまったく走ってないな。やっぱりここ数日の練習不足が仕上がりに響いてるな。先発外れたのも、これじゃあしょうがない……な」

練習不足という言葉に、わたしはドキリとする。

やっぱりインフルエンザのせい？　それが原因でうまく投げられない……？

お見舞いに行ったとき、大丈夫って、言ってたけど。

やっぱり大丈夫じゃなかったんじゃ……。

そうして、二人のランナーがフォアボールで塁に出る。

「うわあ、ランナーが得点圏に進んじゃった……次ランナー出たら満塁だよ、やばい」

ユウちゃんが唸って、わたしは焦る。

ああ、どうしよう……。

「がんばって……」

祈るように見つめていると、ようやく真ん中付近にボールがいった。

あ。やっとストライクだ！

これならきっと大丈夫――とホッとした次の投球。

カキーン！

鋭い音をたて、ボールは勢いよく外野に飛んでいく。

「……！」

お願い、捕って！

願いも虚しく、それは外野手の間を抜け、大きなヒットになる。

先に出ていたランナーがホームにかえってきて、二点取られて逆転されてしまう。

「うわああ……」

周りのみんなが悲鳴をあげる中、わたしは息を止めていた。

そらくんが空を仰ぎ、コーチがマウンドに上がってきた。

そらくんは首を横に振る。

遠くて表情は見えないけど、イヤな予感がして胸が苦しい。

わたしが息を呑んで見守っていると、やがて放送が響いた。

『選手の交代をお知らせします。ピッチャーの広瀬くんに代わりまして——』

結果、そらくんが取られた点が決勝点となり、そらくんのチームは負けてしまった。

そらくんはチームでのミーティングのあとに解散だからって、わたしたちは先に帰ることになったんだけど。

「………」

電車の中ではみんな無言だった。

きっとわたしとおんなじで、落ち込んじゃったんだろうな。

だって、あんなそらくん見たことなかったから……。

そうだ。

元気出してほしいし、そらくんに会いに行こう。

わたしはそう決める。

今日の分まで勉強しないといけないけど……、少しなら、会いに行ってもいいよね……？

でも……。

一体なんて声をかければいいんだろう……？

2
誰にも会いたくない

二日後、の朝。

わたしは時間を見つけてそらくんの家に向かった。

でも家のチャイムを鳴らしても誰も出てこない。

パパやママも出てこないってことは、留守とかおでかけなのかな？　と不思議に思いながら道路に出たとき、営業中のフルールが目に入った。

あ、もしかしておじいちゃんのお手伝いしてるのかな？

そう思いながら、フルールの扉を開いたわたしはハッとする。

お手伝いをしていたのはそらくんではなく、ユウちゃんだったんだ。

え、どうして？　珍しい。

「あ、理花ちゃん……」

ユウちゃんは、わたしを見るとすぐに外に出てきた。

「ソランちに行ったんだ？」

わたしはうなずく。

「でも誰もいないみたいで」

「だろうね。ソラのパパとママ、今日も仕事なんだよ。年末なのにね」

ユウちゃんはそう言う。

納得しつつ、でもソラくんは？　と気になった。

ユウちゃんはちょっとためらったあと口を開く。

「ユウもさ、気になって会いにきたんだけど……**ソラ、誰にも会いたくないって、部屋に引きこもってる**」

え。

そらくんが、引きこもって……？

聞き間違いかと思った。

びっくりしすぎてわたしは固まってしまう。

ど、どういう、こと？

「あいつ、この間の試合、さすがにこたえたみたいでさ」

まあ、気持ちはわからないでもないけど、とユウちゃんはつぶやく。

「自分のせいで負けたようなもんだし。しかも、いいとこ全然見せられなかったもんな」

あれはユウでもさすがに落ち込む、とユウちゃんは珍しく顔をかげらせている。

「で、でも、しょうがないよね。だって、インフルエンザにかかって……」

ユウちゃんは首を横に振った。

「だとしても、それは言い訳だって考えちゃうんだよ。あいつ、そういうとこ、自分に厳しいから」

「……」

でも。

でも、インフルエンザとか、かかりたくてかかるわけじゃないし。かからないように、うがいや手洗いして予防もがんばってたのに。

そらくんのせいじゃないじゃん。

そらくんにはどうしようもなかったことじゃん。

泣きたくなってしまう。

「ま、ちょっとしたらきっと回復するだろうからさあ、今はそっとしておいてあげてよ。そもそも、理花ちゃん、それどころじゃないでしょ。こんなところ来てないで勉強しろってソラに怒られるよ？」

ユウちゃんはそう言って、カラッと笑う。

だけど、その笑顔がちょっと曇っていて、どこかユウちゃんらしくない。

ユウちゃんも不安に思ってるような気がしてしょうがなかった。

3 年が明けても

そうしているうちに年が明けた。

千河学院を受験できるチャンスはあと二回。だからわたしは、お正月なんて関係なしに塾の正月特訓に行って、はちまきを巻いて必死で勉強をした。

そらくんのことは心配だったけど、ユウちゃんも言ってたし。

勉強しないとそらくんに怒られるって。

だから、そらくんならきっと大丈夫だろうって信じて、わたしはわたしのことをがんばることにしたんだ。

正月三ヶ日の三日間の特訓が終わると、翌日はようやくお休みだった。

ちょっと余裕ができたとたん、わたしの頭にはそらくんの顔が思い浮かぶ。

そろそろそらくん元気になったかなぁ……？

とぼんやり考えていると、

「理花〜、おせちに飽きたからフルールのケーキ、食べたいんだけどなあ」

パパがお使いを頼んできた。

うわあ、パパ、グッドタイミング！

って、大丈夫なの……？

お正月に食べ過ぎたせいでちょっと膨らんだお腹を見ると、パパは「か、カロリー少なそうなやつ、お願い……」とシュンとする。

苦笑いをしながらも、わたしはパパのお願いに乗っかることにした。

だって、そらくんのこと心配だもん。

会いにいく口実ができて嬉しい。パパ、ありがとう！


お金をもらって、足早にフルールに向かう。

でも、なんと、フルールはお休みだった！

『本日休業』

そんな張り紙を見てがっかりする。

去年は四日から営業してたんだけどなあ。

でもそっか。お正月はお客さんあんまりいなかったもんね……。暇だから、初詣に行こうって話になった覚えがある。

去年のことを思い出しながら、わたしは方向転換して、隣のそらくんの家に向かう。

でも、玄関の前には先客がいた。

この辺で見かけない、すごく大きな女の子。

そしてその子よりは小さいけど、そらくんと同じくらいの背の男の子。

どっちも体格が良くて中学生に見える。

でもここに来たってことはそらくんの知り合いで……。

ひょっとしたらわたしとおなじ、六年生？

「あれ？」

二人とも、どこかで見たような……と思ってハッとする。

確かこの子たち……そうだ。

男の子は、そらくんのチームのキャッチャーの子！　合宿のときに会った！

もう一人の女子は……あ、もしかして菅野さん？

プロ野球のジュニアトーナメントでピッチャーやってた子だ！

びっくりしているわたしの前で、二人はチャイムを鳴らした。

「河野藤也です。そらくんいますか？」

「ジュニアチームで一緒だった菅野メイです。そらくんに会いにきました」

そう告げたあと、菅野さんはわたしを振り返る。

わっ、ここにいること気づかれてた！

菅野さんは、ものいいたげにわたしをじっと見つめると、ドアフォンのスピーカーを指さした。

どうやら、名乗れって言ってるみたい。

「え、えっと、佐々木理花です。そらくん……いますか？」

だけど。

玄関に出てきたのはそらくんではなく、そらくんママ。

そらくんママは、ちょっと沈んだ顔で言ったんだ。

「ごめんねえ……そら、誰にも会いたくないって」

え。

会いたくない？

わたしは目を見開いた。

会いたくないって、いったい、どういうことなんだろ。
だって、もう年が明けたんだよ？　あれからだいぶん経ったのに……。
そらくん、大丈夫なのかな。

不安が胸の中で膨らんでいく。そのとき、

「——理花ちゃん、待って！」

と声がした。

振り返ると、息を切らしたユウちゃんが追いかけてきていた。

って、どうして？

「ユウ、ちゃん？」

びっくりする。

「ユウ、今、ソランとこいたんだ」

え、そうなんだ？

それなら、そらくんの様子が聞きたいって思った。

「そらくん、は？　大丈夫？」

ユウちゃんはため息を吐いた。

「カビが生えそうな感じ」

カビ!?　あのそらくんに!?

想像できなくて困惑した。

「正直、あんなソラ、見せたくない。けど……理花ちゃんは今大事なときだし、そらのこと気になってたら勉強に集中できないよね」

わたしはうなずいた。

「**会いたいよ**」

むしろそんなふうなら、余計に会いたいって思った。

すると、

「おれらも会いてえけどな。そらが凹むのなんてしょっちゅうだし」

と、そらくんのチームメイトの河野くんが会話に入ってきた。

二人も駅の方に向かうから、途中までと一緒に歩いてたんだ。

え、そうなんだ？

「前、県大会でも自分のせいで負けたとかで、しばらく責任感じてたし。またかって思ったけど……もしや別の原因か？」

河野くんはわたしをチラリと見る。

「よっぽどカッコ悪いところ見せたくねえんだろうな……」

「まあ、気持ちはわからなくないんだけど、今の方がよっぽどカッコ悪いのわかってないんだよ」

河野くんとユウちゃんは何か通じるものがあったのか、うなずきあった。

「広瀬はあれで結構繊細だから」

菅野さんがポツリと言う。

「自分に求められてる役割を、完璧にこなそうとしてるでしょ」

「自分に求められてる役割……？」

わたしたちはキョトンとした。

「みんな『明るくて、優しくて、カッコよくて、強い男子』をあいつに求めてる」

ドキリとした。

そのイメージは、わたしがそらくんに抱いてるイメージそのものだったから。

「無意識なんだろうけどさ、あいつは、自分はそういう『**男らしい**』**ヒーロー**でないといけないって思ってる」

「ははは、言えてる」

河野くんは軽く笑ったけど、菅野さんはぎろり、と睨んで制した。

「わたし、真面目に話してるんだけど」

河野くんは「すまん、無神経だった」と肩をすくめる。

菅野さんはため息を吐いた。

「わたしも、この間、そんなあいつに甘えた。わたしが女子であることはどうしようもないことなのに。あいつに不満をぶつけた。あいつさ、自分のことのように痛そうな顔をして……」

女子であること、という言葉にドキリとする。

もしかして。

もしかしたら、この菅野さんも、わたしと同じように、進路のことで悩んでるんじゃないかって、そう思えて。

「そらは、優しいんだよな。人のこと放っておけない。そして、自分の抱えているものを分けてくれない。一人で抱え込む」

河野くんがうなずくと、菅野さんは悲しそうな顔をした。

「あいつ、全部一人で背負おうってしてしまうから」

そしてわたしとユウちゃんをじっと見つめた。

「広瀬に言っておいて。わたしが野球やめること、広瀬が気に病むことじゃないって」

え。やめる？　あんなに上手だったのに!?

だけど、すぐにわかった。

さっき菅野さん――女子であることはどうしようもないって言った。

それだったら――きっと、わたしと、おんなじだ。

「あ、あのっ……」

わたしは思わず口を開く。

あきらめないでって伝えたくて。

でも、口にしようとした瞬間、迷った。

こんなこと、ほぼ初対面のわたしが言っていいのかなって。

だって、プロ野球選手に女子はいない。

菅野さんの前に広がる道は、わたしより厳しい道だ。

簡単にやめないでとか言えない。

でも……。

せめて、これだけは伝えたいって思った。

わたしはうつむきかけた顔を上げる。

「年末のトーナメントで、菅野さんのプレー見ました。すごかった。すごく、カッコよかったです。わたしは、また菅野さんが野球をするところ、見たいです」

菅野さんは目を見開く。

「あり、がとう」

少しだけ口元がほころぶ。

「——行くか。ここは『彼女』に任せた方がよさそ」

河野くんが菅野さんの背中をポンと叩き、菅野さんはうなずいた。

「広瀬を、頼んだ」

菅野さんは、背を向けて去っていった。

それを見ながら、わたしはさっきの菅野さんの言葉を繰り返す。

「全部背負おうってしてしまう……か」

もし。

もしそらくんが、自分だけが人のことを守らないといけないって思ってるんだったら。

わたしのこと守らないといけないって思ってるとしたら。

そらくん。

それは、違うよ？

わたしは顔をあげると、ユウちゃんに向き合った。

「ユウちゃん、ちょっとお願いがあるんだけど――」

「え、何？　顔、怖いよ？」

ユウちゃんはびっくりした顔。

それでもわたしは続けた。

こんなこと頼めるの、ユウちゃんしか、いないから。

4 そんなの関係ない

おれは、クリスマスイブに理花にもらったマフラーを巻いて外に出る。

久々の外の空気は冷たかった。

首元はあったかいのに、心には虚しさが広がっていて冷え切ってる。

「どこ行くんだよ」

そう尋ねると、ユウは肩をすくめた。

「神社。初詣くらいしないとね」

しばらく部屋から出るつもり、なかった。

けど、ユウが外からかけてきた言葉で、とうとうおれは折れた。

『今出てこないんなら、フルールを破門にするってじいちゃん言ってるけど、どうする？』

そんなふうに脅されたら、さすがに出て行くしかなかったんだよな。

だって、野球がダメなら、おれに残されたのは菓子作りだけだし。

ユウと一緒についてきたのは、フルールが休みで暇をしているというじいちゃんと叶さんという妙な組み合わせ。

誰かに……学校のやつに会う前にさっさと帰ろう。

特に、理花には、まだ会えないし。

だって、おれ、情けなさすぎて。

あんだけ理花ががんばってるのに、おれ、試合で情けないところしか見せられなかった。

菓子作りと野球、両立できるって、証明したかったのに。

おれのがんばりで理花を励ましたかったのに。

なんの力にもなれねえし……何より、おれ、今、理花の前で笑えない。

最悪、泣いちまうかも。

そんな姿絶対見せられない。

そんな情けないおれじゃ、理花を励ませない。

逆に心配させちまう。

心配かけるくらいなら、重荷になるくらいなら、会わない方がマシだって思う。

そう思いながら鳥居をくぐったとたん、おれは目を見開いた。

「理花……」

だって。その理花が目の前にいたから。

わたしがユウちゃんに頼んだのは、そらくんをなんとか家から連れ出して欲しいということ。

ユウちゃんは任せて、と頼もしい返事のあと、連絡してくれたんだ。

今日の午後三時に神社に来てって。

使えるものは何でも使って、なんとしてでも連れ出すからって。

「そらくん」

わたしはそらくんに駆け寄る。

そらくんはギョッとした顔をして、すぐさま回れ右をしようとした。

でも右腕をユウちゃん、左腕を叶さんに掴まれて阻まれる。

二人は、参道から少し外れた大きな木のところへと引きずるようにして、そらくんを連れて行った。

「はな、せ！」

そらくんは暴れるけど、ユウちゃんと叶さんは意地でも離さないといった様子だった。

隣にいたおじいちゃんがそれを見て、呆れたように言った。

「逃げてもなんにもならんぞ」

「逃げてなんか――」

「逃げてるよ、理花ちゃんから」

叶さんが言う。

わたしから、逃げてる？

避けられてたのはわたし!?

愕然としていると、そらくんがあわてたように否定した。

「そうじゃない！　――**理花が悪いんじゃなくって！**」

「ちゃんと向き合いなよ」

ユウちゃんがそらくんに言う。

叶さんも言った。

「そらくんは、実はちょっと抱え込みすぎるからねえ。言うこと言わないと、またこじれるよ？」

そう言うと二人はそらくんの腕を離した。

でもそらくんは暴れるのをやめて、その場で固まっている。

「じゃあ、わしらはお参りに行くか」

おじいちゃんが言うと、ユウちゃんと叶さんがさっさと本殿の方へと向かった。

「…………」

残されたのはわたしとそらくん。

そらくんはうつむいていて、表情は見えない。

「そら、くん」

「…………」

そらくんはだんまりだ。

「そらくん？」

「理花、わるい。おれ——笑えねえから、顔、見れない」

そらくんは言った。

「トーナメントで活躍してさ、野球も菓子作りもどっちもがんばれるって証明して。理花のこと励ましてやろうと思ってたのに。おれ、できなかった」

「そらくん……」

胸が痛くなる。

そらくんはうつむいたままわたしの目を見ない。

前髪の下でどんな顔、してる？

「情けない、おれ、男なのに」

「**男、なのに？**」

ふと菅野さんの言葉を思い出す。

『**あいつは、自分はそういう「男らしい」ヒーローでないといけないって思ってる**』

どういう、こと？

「おれが理花を守ってやりたいのに。おまえのこと傷つけるやつがいたら、おれが守ってやるって――約束したのに。おれは、弱い。そんな資格、ない」

わたしは思い出す。

わたしがそらくんを好きになった瞬間のこと。

実験室に閉じこもったわたしに、上を向かせてくれたそらくんのこと。

『**おまえのこと傷つけるやつがいたら、ゼッタイ、守ってやるからさ！**』

そらくんはそう言った。

そっか。

そらくんは、あれから、ずっとそんなふうに思ってたんだ。

強くならないとって。

わたしのこと、守ってあげないとって。

それで辛いときも、大変なときも、笑顔を無理に浮かべてたんだ。

泣きたくても、泣けなかった。

試合に負けて悔しくても、悲しくても、男の子だからって、がまんしてた。わたしに心配かけないように。

でも。

「そらくん、それは、違うと思う」

わたしはキッパリと言った。

するとそらくんが顔を上げる。

「え？」

「男とか関係ないよ。女の子を守らないといけないなんてこと、ないよ！」

そらくんの目には、真剣な顔のわたしが映っていた。

「理花？」

別の国の言葉を聞いているような顔をするそらくんに、わたしは言い聞かせた。

だって。

それ、変だよ。

「**女の子だから**」って言われて苦しんでいる人がいること、わたし、散々見てきた。

そしてわたし自身も苦しんだよ。

悩まなくていい男の子がうらやましいって、思うことだってあったよ。

だけど……男の子には男の子のキツさがあるはず。

わたしはそらくん、桔平くん、ユウちゃんが言われてた言葉を思い出す。

お菓子作りが似合わないとか、虫がニガテなのは情けないとか、料理が好きだったら女子みたいとか。

そんな「男の子だから変」を認める方が変だよ！

どっちも認めたらダメなんだよ！

「そらくん、辛いときは、泣いていいんだよ。男の子だからって、強くなる必要ない！　情けないとか、わたし、絶対思わない！」

そらくんは目を見開く。

そしてわたしを見た。

「理花」

虚ろな目の輪郭が膨らんだかと思ったら、そらくんの目からどんどん涙が溢れてくる。

そらくんはあわてたように顔を背ける。

「そらくん、大丈夫。また次があるよ。そらくんの野球は終わってないよ」

そらくんは顔をあげない。

「失敗したら終わりじゃないって、そらくん、知ってるよね？　お菓子作りでいっぱい経験したよね？　失敗から、成功が生まれるって」

わたしは大きく息を吸って、力強く語りかけた。

「次こそは、力、発揮できるから」

「ごめ——おれ、みっともなくって」

うつむいたそらくんの足元には、どんどん涙が落ちて、黒いあとができていく。

「みっともなくなんかないよ。わたし、そらくんのそんなところまで大好きだから」

だから。

ヒーローなんかにならなくっていい。

「そらくんの痛みも、わたしに、分けて欲しい」

「……理、花」

そらくんが声を殺して泣く。

微かな泣き声に、参道の人がこちらを振り返る。

わたしはそらくんの顔を隠すようにして、背中に手を回す。

そしてそらくんと一緒に涙を流したんだ。

冬の日は短い。

そして日暮れになると急激に気温が下がってくる。

わたしがクシュン、とくしゃみをしたとたん、そらくんは顔をあげた。

「理花、ごめん。寒くない？」

目は少し赤い。でも、もう涙は浮かんでいなかった。

「大丈夫」

わたしはハッとする。

って、わたし、今、そらくんのこと抱きしめて、なかった？？？

し、しかも！

さっきどさくさに紛れて、大好きって言っちゃった!?⁇

あわあわとするけれど、そらくんの反応はいつも通り。

ああ、きっと「相棒として」って思われてるんだよね。

――っていうか、危なかった!!

さすがに試験直前。そんなこと言ってる場合じゃないもん！

やる気が疑われてしまう!!

そらくんはふと尋ねた。

「理花、試験っていつだっけ」

「十九日……と二月の三日」

三日がラストチャンスだ。

「そっか。いよいよだな」

「うん。今度こそ、がんばるよ。絶対に千河に行きたいから」

わたしは笑う。

でもどうしても顔が引きつってしまう。

絶対に千河に行きたい。

でも、チャンスは一般試験の二回のみ。

考えると、なぜだかすごく息苦しくなる。

そらくんはわたしの手を握って、踵を返す。

そして本殿に向かって駆け出した。

「お参りするぞ！」

「……うん！」

わたしはそらくんについていく。

手水舎の冷たい水で手を洗うと、本殿の前に立つ。

パンパン！

二回手を打つと、

「理花が、試験で力を発揮できますように!!」

そらくんが大きな声で言う。

周りにいた人がくすくす笑う。

ちょっと恥ずかしかったけど、わたしはお腹に力を入れて言った。

「そらくんが野球で活躍できますように！」

「――次こそはな！　あ、それからパティシエになれますように！」

そらくんが付け加える。

欲張りなお願いをするそらくんに、ああ、いつものそらくんが戻ってきた！　とわたしはすごく嬉しくなる。

ますます周りの人が笑う。

「かわいいわねえ」

そんな楽しげな声に顔を赤らめながらも、心がホカホカしてくるのがわかった。

うん、そらくん、お参り、効果抜群だよ――！

5 チャンスはあと一回

それから試験まではあっという間。

——さらに、合格発表の日もあっという間だった。

合格発表は、パソコンで結果のボタンをクリックするだけだ。

試験は……この間の推薦のときよりは手応えはあったけど……でも。

塾で自己採点をしたあと、解けたつもりだったのに解けていなかった問題が何問かあって、それが気がかりだったんだ……。

ケアレスミスって言われるやつ。

どうだろう。

心臓が皮膚を突き破って出てきそうなくらいドキドキしながらも、わたしはボタンを押す。

「………あ」

試験結果の画面で固まるママとパパ。
画面には『**残念ですが不合格です**』の文字があった。
言葉を失う二人に、わたしはあえて笑った。
「……次があるから」
最後の一回が残ってる。
大丈夫。
次こそは合格してみせる。
だって、わたし、そらくんに、そしてみんなにがんばるって言ったから。
最後まであきらめたりしない。絶対に。
そう思って拳を握りしめる。
だけど。
ツキン。
なんだか急に頭痛を感じてわたしはとまどう。
あれ？
なんか……頭が、痛い、気がする……。

「うーん、熱はないんだけどね……一応お医者さんに行ってみようか」

ママに促されて病院に行ったけど、

「ちょっとだけ喉が赤いですが……風邪でしょうねえ……」

とお医者さんに言われた。

「とにかく睡眠が一番ですよ。ちゃんと眠れてますか？」

尋ねられ、わたしはためらったあと首を横に振った。

よく考えると、あんまり眠った気がしない。

眠らなきゃって思えば思うほど、なんだか目が冴えてしまって。

そうしてるのがもったいないから机に戻って勉強したり。

そんな日が続いていた。

「ええと、入試が近くて」

ママが隣で説明すると、「それは大変ですね」とお医者さんは心配そうにした。

「頭痛薬を出しておきます。消化の良いものを食べて、体を温かくしたらよく眠ってください。インフルエンザもまだ流行ってますから、免疫力を上げておかないと」

そう言われて病院をあとにする。
うーん……。
と言われてもどうしよう。
ママはさっそく、スマホで消化に良いものを検索中。
だけど、「ううう、ムズカシそう……」と眉間に皺を寄せている。
のぞき込んだけど、ちょっと苦手そうな食べ物がずらりと並んでいる。
多いのはお粥や雑炊やうどんだった。
わ、わたし、お粥とかちょっと苦手なんだよね……。
味も薄いし、食べた気がしないっていうか。
消化にはいいかもしれないけど、それが毎日だと辛いなあ。
でもしょうがないか……。
体調を整えるの、大事だよ。
試験中に頭痛かったら、絶対いつも通りに解けないよ。
試験まであと少し。
勉強も大事。でも体を整えるのも大事。

準備をするのも試験の一部なんだと思った。

そうは思ったものの。

次の日。

「ママ……ちょっと頭、痛い……」

熱を測ってみるけど、平熱だった。

「うーん、念のためお休みする？」

「学校には行きたい……」

今日休んじゃったら、きっと、みんな心配すると思う。

この間心配かけちゃったから今度は心配させたくないよ。

それにあと二ケ月くらいで卒業だし、みんなと過ごす時間、ムダにしたくない。

でもやっぱり頭が重たい。

しっかり眠れなかったから弱ってるのかも。

だからといって前みたいに起き出して勉強はしてないんだけど、お布団にいるのに眠れてないのがもったいないなって思ってしまう。

頭痛薬を飲んで痛いのをごまかす。

少しでもマシになるといいなって思って、こめかみを揉みながら学校の門をくぐると、そこにはゆりちゃんたちが待っていて、おはようと声をかけてくれる。

ゆりちゃんたちの顔は引きつっている。結果が気になるんだろうなって思って、わたしはすぐに言った。

「ダメだった。ケアレスミスしちゃったんだ」

するとゆりちゃんたちはなんだか泣きそうな顔になった。

うわあ、そんな顔しないで！

あわてててつけ加える。

「でももう一回あるから大丈夫だよ！」

そう言ったとき、

「そうだ、理花なら絶対大丈夫！」

大きな声がして振り向くと、そこにはそらくんがいた。

「だよな？」

力強い笑顔に励まされ、わたしはうなずく。すると、ゆりちゃんたちはハッとしたように泣きそうな顔をやめた。

「だよね！　絶対大丈夫！」

「理花ちゃん、がんばってるもん！」

「次は絶対受かるから！」

みんなが励ましてくれるのが嬉しくて、ちょっと泣きそうになるけど、ここでしんみりしちゃったら台無しだ！

「ありがとう！」

笑おうとすると、ずきん、と頭が痛む。

でも、気づかれたくなくて、それをぐっとがまんする。

みんなが歩き出したのを見て、そっとこめかみに手を当てたところで、

「理花？」

そらくんが眉を顰めると、小さな声で尋ねた。

「なんか顔青くね？　大丈夫か？　無理しすぎてんじゃねえの？」

風邪ぎみっていうのは知られたくない。

わたしはあわてて頭から手を離すと、ごまかすように笑った。

「大丈夫。ちょっと寝不足なだけだよ」

でもそらくんは顔をしかめた。

「体を整えることも大事だからな。おれ、身に染みたから。いくら練習がんばってもさ、本番で体調悪かったら全部ぱあになっちまう」

そらくん、インフルエンザで本当の力を発揮できなかったもんね。

悔しかったもんね。

「うん。わかってる。ちゃんと十時には寝るようにしてるから」

塾から帰ったらお風呂に入ってすぐに寝てる。

なかなか寝つけないいんだけどね……。

でも、

「うーん……でも……」

そらくんはなんだか納得いかなそうな顔で考え込む。

わたしは何事もなかったように笑みを作ると、「行こう！」と昇降口に向かった。

教室ではシュウくんがクラスメイトに囲まれていた。

その中央には、例によってリコーダーを手にした平田リポーター。

「石橋、まじですっげえな！」

何事？　と思ったけど、すぐにわかった。

だって、シュウくんも千河学院を受けていたから。

ってことは――。

わたしの胸の中に、喜びとうらやましさが湧き上がって、ごっちゃになったところで、桔平くんが近づいてきた。

「シュウ合格したって。千河学院と、あともう一個なんかすげーとこ」

わたしの表情から結果がわかったのか、桔平くんはちょっと申し訳なさそうに教えてくれる。

とたん、わたしはうらやましさをギュッと握りつぶした。

シュウくんなら当然の結果だ。

素直に喜びたいって思った。

「シュウくん、すごいよね！」

すると、周りのみんながほっとしたような顔になった。

「さすがだよな。いつも上から目線なだけある」

桔平くんが言ってみんなが笑う。

笑って心が軽くなったとたん、ふと気になった。

「……って、千河だけじゃなくって、もう一個？」

わたしも、練習も兼ねて一つだけ滑り止めは受けたんだけど、そういえばシュウくんが他にどこ受けるのかは聞いてなかった。

「まじで頭良かったんだな、シュウって」

「南邦大附属合格とかすげえ……」

誰かの声が聞こえてわたしはギョッとする。え、そんなすごいところ受けてたんだ!? 知らなかったよ！

南邦大付属って、すごくムズカシイ学校だよ!? すごすぎる……。

「塾の先生に勧められたんだよ。合格実績が必要なんだと思うけど」

シュウくんはちょっとうんざりした様子で言った。

ああ、塾のチラシに、○○中学に何名合格！ って書いてあるの見たことある。あれのためなのかな。宣伝になるってことなのかも。

そんなことを考えていると、シュウくんがこちらをチラリと見た。

視線が合うと、シュウくんが目を見開く。
ちょっと心配そうな、もの問いたげな顔を見て、わたしは小さく首を横に振る。
わたし、ダメだったんだ。
するとシュウくんは眉を寄せ、口をギュッとつぐんだ。
シュウくんが悲しんでいるのを感じて、申し訳なかった。
二人で合格しようって言ってくれたのに。
でも。
わたし、がんばるから。
一緒の学校、受かってみせるからね。
そんな気持ちを込めてシュウくんを見ると、シュウくんは力強くうなずいた。

6 まだ終わってない

まだ。

また、頭に手をやってるよな。

理花の席は窓際の一番前。

廊下側の一番うしろのおれの席の対角線上にある。

だから理花の様子がよく見えるんだけど、朝から理花の様子がおかしいのが気になっていた。

どことなく元気がないのは、試験の結果で落ち込んでるからかなって思ったけど。

それだけじゃないなって思った。

理花、やっぱ体調悪いんじゃねーの？

顔色が悪い。頭を気にしてる。たまに咳も。

心配だった。

放課後になると、理花はすぐに帰ってしまう。

塾があるのは知ってるし、引き止めるのは無理だって思った。

「うーん」

どうしたものか。

理花のためになにかしたい。

でも、どうしていいかわからない。

さすがに医者じゃねーからさ。

体調悪いのまではどうにもならねーじゃん。

唸りながら帰っていると、桜の木の曲がり角で声がかかる。

「どうしたの。珍しく悩み事があるみたいだけど」

シュウだった。

「また待ち伏せかよ」

うんざりしつつもおれは言った。

「理花が心配なんだよ」

当然だろ。っていうかお前もだろって目で訴えると、シュウはうなずいた。

「……試験、いけると思ったんだけどな。理花ちゃん最後の模試の判定、合格圏、届いてたし」

「ケアレスミスって言ってたけど」

ってなんだ？　と、聞いたときから思ってたけど、シュウに教えてもらうのはなんとなくシャクだ。

「試験のときって、やっぱり緊張するからね……ケアレスミス——普段しないうっかり間違い、やることはある」

シュウはシュウなりに心配しているらしい。ユウウツそうな顔だった。

こいつも理花が好きなんだもんな。

だったら当然だった。

「なにか、してあげたいけど、……僕からだと、何言われても嬉しくないかもだし」

確かに、とおれは納得する。

シュウは千河学院だけじゃなく、受けた中学、全部受かったらしい。その中にはめちゃくちゃレベル高い学校もあったっぽい。

となると、志望校に落ちた理花には声かけづらいよな。

理花だったら、絶対怒ったりはしない。でも、逆に自分が辛いの隠してでもシュウのこと祝いそう。

あ。

それでおれに相談ってわけか。

「僕、理花ちゃんのためになにか、したいんだけど」

「おれだって」

するとシュウは、ちょっとためらったあとに口を開いた。

「**もし……菓子を作ったりするなら、僕にも声かけてほしい。**もうしばらくは塾に行かないし、
時間あるから」

え？

シュウの申し出に驚く。菓子？

固まっているうちに、シュウはさっさと歩いていってしまう。

でも、そうか。

菓子。

おれにできることってそのくらいじゃん。

なら、なにか、できる範囲でやれること、見つけてみせる！

ヒントをもらったおれは、去っていくシュウの背中にあわてて声を投げかけた。

「――わかった。そのときは声かける！」

帰ってすぐ、おれはじいちゃんちに向かう。

誰もいない座敷を占領すると、テーブルの上にノートを開き、タブレットを使って調べ物を始めた。

ええっと。

おれは理花の体調不良をなんとかしたいんだけど。

検索窓に『体調不良　菓子』って入れると、検索結果には体調不良で休んだときの菓子折りとか、入院のお見舞いのお菓子とかいう記事が出てくる。

なんだ、これ。

おれはあわててタブレットの電源ボタンを押して、画面をオフにした。

タブレットの制限時間は30分。

そうだ。今までも思いつくままに入力してたら、すぐに時間が経っちまってた。

理花と一緒に調べたときは、あらかじめ考えてから入力してたよな。

ふう、と深呼吸をして集中する。

理花が調子悪いのって、たぶん、受験のせい、だと思う。

おれもだけど、トーナメント前に緊張して、腹の調子、ちょっと悪くなったりしたし。

つまり、まずは、受験の前に、体を整えるような方法がわかればいいんじゃねえのかな？

『受験　体を整える』

と打ち込むと『受験勉強中は体調を崩しやすい？』と出てくる。読んでみると、どうやら緊張からくるストレスが関係しているっぽい。

すぐに『ストレス』と入力して検索しようとしたけど、ストレスにも色々あるよなと踏みとどまる。ちょっと考えて『緊張』も追加。

検索結果を読んでいると、やっぱり、緊張からくるストレスで体の調子、崩すことある……っぽい？

免疫力？　ってのが下がるから、風邪もひきやすくなるし、感染症とかにもかかりやすくなるって書いてあった。

っていうか、そもそも知らねえ言葉が多すぎねえ？？？

いちいち調べてるとめっちゃ時間かかる!!

「で、免疫力ってなんだ？　……って、あ！」

『制限時間になりました』

例のメッセージが表示されて、おれは頭を抱える。

でも、でも！

おれ、これはあきらめるわけにいかねー！！！


母ちゃんが仕事から帰ってくるなり、おれは直談判した。

「母ちゃん頼む！　タブレットの制限、外してください！！！」

「急になんなの」

母ちゃんは渋い顔。

「菓子作りのために、絶対必要なんだ……！」

おれが必死で訴えると、母ちゃんはやれやれ、とため息を吐いたあと、言った。

「そうね、この頃は全然ゲームしてないし……」

おれはうんうん、とうなずく。

だって、野球と菓子作りで精一杯で、余計なことする時間、ねえもん！

母ちゃんはタブレットを手に取ると、スクリーンタイムを開く。

「ここ一年そらの行動見てたけど……、まあ大丈夫かな？　これからも信用を無くさないように使ってね」

と言い、解除してくれる。

「母ちゃん、ありがと！！！」

これで、絶対なんとかしてみせる！

7 アイディア募集中

「理花のことで、頼みがあるんだけど」

次の日の昼休み。

おれは理花が教室から出ていくのを見計らって、桔平、それからシュウに声をかけた。

「何？」

「ここじゃちょっと」

そのまま空き教室の前に連れて行く。

理花に聞かれたくない話だったから。

「そら、なんでシュウも呼んでんだよ……おまえらって……えっと、ライバルじゃ、ねえの？」

桔平はとまどい顔だ。

「**共同戦線**だよ」

シュウはしれっと言った。

「まあ、簡単に言うとそういうこと」

説明すると、桔平は呆れたようにため息を吐いた。

「おまえら佐々木に対するアイがすげえな……」

アイ……って愛⁉

……何言ってんだ、こいつ！

おれはギョッとする。

シュウを見ると、「当たり前だよ」と素直にうなずいたからびっくりしてしまう。

ってか、そっか。

そういう言葉、遠いものだったたんだけど。

おれの気持ちを言葉にするとそういうコトになるのか……。

なんとなくぼうぜんとしていると、桔平は「まあ、気持ちはわからんでもない」と言って、ニヤッと笑う。

そういや、こいつって小室と付き合ってんだっけ。

チョコレート必死で作ってたもんな。

それで両思いになって……。

桔平が、ちょっとうらやましい、と思ってしまう。

そんなことを考えていると、桔平は「で、頼みって？」と話を元に戻した。

「しょうがを使った菓子を理花にあげたいんだ」

「なんで、しょうが？」

桔平が不思議そうに問い、おれは説明した。

あのあと、夜遅くまでがんばって調べた結果。

「なんかさ。人の体には**免疫力**ってのがあって、それが弱くなると病気——風邪とかインフルエンザとかにかかりやすくなるらしいんだ」

桔平が「免疫ってなんか聞いたことあるけど」と、いまいちわかってなさそうな顔で首を傾げる。

だよな。ピンとこないよな。

昨日までのおれと同じだと思って、どう説明しようかと思ってると、シュウが言った。

「逆に言うと、**免疫力を上げたら風邪をひきにくくなる**ってことだよね」

桔平はなるほど、と手を打った。

「で、体を温めることでその免疫力を上げることができる、ミラクルな食品が——しょうがって

わけ」

と言うと、

「おお〜！」

桔平が感動したような声を上げ、ほっとしたおれは続ける。

「で、さっそくしょうがを使った菓子を調べて作ってみたのはいいんだけど……なんかイマイチって感じで」

正直言うと、おれ的にはまずかったんだ……。食えないことはないんだけど、なんつうか、辛いから**大人の味**って感じ。

おれは自分がうまいって思ったものしかあげたくない。

「菓子がダメなら、しょうが焼きじゃダメなのか？」

と桔平。

「しょうが焼きをプレゼントって、絵面がひどいと思うし、喜ぶ顔が思い浮かばない」

シュウが淡々と言い、おれはうなずいた。

「そもそも、おれ、料理は専門外だし」

「それならユウに頼めば？　正直、僕と五十嵐って料理に関してはまったくの素人だし。アイディア募るなら得意なやつを呼ぶべきかも」

シュウに言われて、おれははたと思いついた。

そうだ。

こういうとき、おれたちだけで考えるんじゃなくって。

おれは思いついたアイディアを桔平に伝える。すると桔平は「任せとけ」とうなずいてニカッと笑ったんだ。


そして土曜日の午後のこと。

おれ、桔平、シュウ。

それから。

「おじゃまします～」

おれのじいちゃんの家に入ってきたのは、金子と小室と町田の三人組。そして、さらに。

「強力な助っ人、ユウだよ！　理花ちゃんのためなら、たとえ火の中水の中のソラのためにやってきました～!!」

とユウが遅れて入ってくる。

なんだよそれ！　と思っていると、わっとみんなが沸く。

「あ、たとえ火の中水の中のシュウもいるじゃん」

シュウは涼しい顔をして肩をすくめる。

でも、おれはさすがに恥ずかしい。

……その通りではあるんだけど!!

「ユウ、それやめろ……」

ゲンナリして調子に乗るユウを止めた。

ユウはニヤニヤしながらも一旦口をつぐむ。

「で、理花ちゃんのために何をする気なの？」

金子たちがキラキラした目でおれを見る。

ちょっと顔が赤いけどなんなんだ。

なんとなく冷やかしに近い雰囲気を感じて、おれは怯んだ。

けどすぐに言う。

「おれ、免疫力をアップできる菓子を作りたいんだ。けど、期限が迫ってて、切羽詰まってるんだ。手伝ってくれないか？」

「理花ちゃんのためでしょ？　手伝うに決まってる」

ユウが言うと、みんな、力一杯うなずいた。


「うーん……しょうがを使ったお菓子……」

協力を得たおれは、タブレットを開いて検索を始める。

「しょうが糖って出てきたけど、これは？」

おれは首を横に振った。

そして戸棚から現物を出してくる。

昨日作ったのは、そのしょうが糖なんだ。

みんなが一つずつ摘んで口に入れる。

そして微妙な表情になった。

「こういうの、おばあちゃんが好きで食べてるよ」

金子がはっきりと言う。

やっぱ、そうだよなあ。大人の味だ。

小学生が喜ぶ菓子じゃない。

「そもそもしょうがだろ？　辛いし、菓子に使うものじゃなくねえ？」

まあなあ……フルールで売ってる菓子にも、しょうがを使ってるものとかなさそうだし。

「こんなときに理花ちゃんがいてくれたらすぐ解決しそうなのに」

小室が言う。

本当にそうだなって思うけど。

「今回だけは理花の力は絶対借りられねえから」

おれは言う。

理花には、勉強と、体調を整えることに集中してもらう。それ以外のことに時間は使ってほしくない。

今日が一月二十三日。試験は二月三日。

指折り数えると、――残り十二日しかない。

そこに全てがかかってる。

沈黙が広がったとき、

「……しょうがって、確か英語でジンジャーっていうんじゃなかったっけ」

シュウがポツリとつぶやいた。

「ジンジャー？」

なんか聞いたことがある……って思ってると、町田がハッとしたように言った。

「あっ、ジンジャーエールってあるじゃん！」

「ジュースの？」

おれも飲んだことある。

サイダーっぽい炭酸飲料で、ちょっと黄色がかった色がついてたけど。

「あれって確か、しょうがが入ってるんだよ。だからちょっとピリッとする」

「ジンジャーエールなら辛くてもおいしいよね！」

金子がパッと顔を輝かせて言った。

な、なるほど……！

「それにしてみようぜ！」

おれはそのアイディアに飛びついた。

8　しょうが湯とジンジャーエール

ええっと。

昨日お気に入りに登録していたレシピサイトを開く。

このサイト、たくさんの料理が人気順に表示されるから便利なんだ。

検索して、トップに来たのを開いてみる。

「ええっと……材料は……炭酸水200ml、砂糖小さじ2分の1、はちみつ大さじ1と2分の1、
しょうがチューブ2～3cm、レモン汁小さじ1」

これなら作れそうかも？

おれはすぐに家の冷蔵庫を漁って、材料を出してくる。

足りないのはフルールの厨房に行ってもらってきた。

やった、作れそうだ！

「1．炭酸水以外の材料をコップの中で混ぜる

2．炭酸水を注ぐ」

めっちゃ簡単じゃね!?

みんなで作ったものを試しに飲んでみる。

「これおいしい、かも！」

「これならいけるんじゃね!?」

みんなが口々に言ったけれど、シュウがポツリと意見した。

「おいしいけど……**これ、飲んだら、温まるどころかなんだか体が冷えない？**」

シュウがぶるりと震える。

そして、エアコンのリモコンを手に取ってゲンナリする。

「やっぱり。広瀬、自分が暑がりだからって、この設定温度はひどい」

見ると、部屋の温度は16℃だった。

「え、どうりで寒いと思った」

とたん、みんなも震える。

そうだった。

今って冬じゃん！

「うーん、ジンジャーエール、元々の冷たさもあるのかもだけど、なんか全然あったまらない気がする」

ユウも渋い顔。

確かに体を温めるって書いてあったのに全然ポカポカしないよな……なんでだ？

入れる炭酸水が冷たいから……？

でも冷たくなかったらおいしくないよな、たぶん。

「これじゃ、免疫力アップにつながらないかも」

体を温める効果が免疫力を高めるって書いてあったってことは、体が温まらないなら効果は得られないってことになるかも。

おれはがっかりする。

「いっそ、しょうが湯でいいんじゃやね？」

桔平が言うけど、それはなんか違う気がする……んだよな……。

そもそも、あれ、おかゆとか、そういうジャンルのものな気がするんだよな……。風邪引いたとか体調が悪いときに仕方なく食べるものっていうか。

と思っていると七つの子のチャイムが鳴った。

ああ。もう時間切れだ。

「明日もやる？」

ユウがみんなの顔を見回すけど、

「ごめん、わたしサッカーがある」

「おれも」

桔平と小室は無理か……。

がっかりしていると、

「わたしもスイミングがあって」

と町田。

「わたし、ごめん、明日は親戚の家に行かないといけないんだ」

金子も謝った。

うわ、戦力激減だ。

どうしよう。時間も人手もない。

焦っていると、シュウが声をかけた。

「僕、明日は図書館に行こうと思ってるんだけど、広瀬もどう？」

みんながギョッとした顔をする。

「なん、で？」

「調べ物って、ネットじゃ限界があるから」

なる、ほど。

そういや、理花ともよく図書館で調べ物をしたことを思い出す。

ネットの制限がなくなったから最強な気分でいたけど、そうだよな。そもそもネットでの調べ物には限界があるんだった。

でも……シュウと二人？

「イヤなら別にいいんだけど」

シュウはそれっきり黙って、片付けを始める。

おれは「行く」と腹を決める。

もうこいつとじゃイヤとか、ぜいたく言ってられねえし！

「ママ、わたし、図書館で勉強してくる」

日曜日の朝、玄関で靴を履きながら言うと、

「図書館？　塾じゃなくていいの？」

玄関に出て来たママがちょっと心配そうに尋ねた。

「今はそっちのほうが集中できるんだ」

っていうのはちょっとだけウソが混じっている。

日曜日は塾の授業は基本的にはない。

だけど自習室は空いていて、勉強することはできるんだ。

ただ……。

わたしに『ズルしてる』って言った子たちも来ている。

もし何か言われても落ち込んでる暇なんてないから、無理に行かなくてもいいかなって思った。

その点、図書館なら塾の子はいないし、勉強に集中できる。

そっちのほうが絶対いいと思う。

「ああ、マスクはしていってね」

ママがマスクを差し出し、わたしは受け取ってカバンに入れる。

「うん。いってきます」

「いってらっしゃい」

ママはまだちょっと心配そう。

わたしは安心させるために笑顔を作ると、カバンを持って家を出る。

日曜日、約束した通り、シュウと学校の裏にある図書館に向かったおれだったけど……。

料理本コーナーに向かう途中で、シュウが困った顔で立ち止まった。

「どうした？」

シュウの視線の先を見たおれはハッとする。

マスクをしてるけど、すぐにわかる。

閲覧エリアに理花がいて、真剣な顔で問題を解いていた。

うわあ、理花⁉

なんでいるんだ⁉

「なんで？」

「家で集中できないんじゃないかな？　僕もそういうとき、たまに来てた」

「塾じゃダメなのか？」

小声でシュウに問いかけるとシュウは首を横に振った。

「……理花ちゃん、たぶん塾の子に会いたくないんじゃないかな」

シュウは苦々しい顔。

そういやなんかズルとかなんとか言いがかりつけられたとか言ってたな。

なんだか痛々しく思う。

でも、理花の表情に曇りはなかった。

ただ目の前のことに一生懸命取り組んでいて、他のことなんてどうでもいいって感じだった。

雑念がないっていうか。

ふと、理花がこめかみに手をやった。

もしかして、まだ痛いのか？
見ていると胸がぎゅっと痛くなる。
がんばれ、理花。
心の中で応援するおれにシュウは言った。
「気づかれないように行こう」
おれはうなずく。
おれとシュウが一緒にいたら、理花は絶対変に思う。

気になって、勉強に集中できなくなっちまうかも。

だからこそ、このミッションは極秘だ。

理花に内緒で、成功させないとダメなんだ。


シュウが図書館の検索コーナーに向かうと検索機のパソコンに何かを入力し始める。

横からのぞき込むと、

「しょうが　菓子」

と入っていた。

でも検索結果はゼロ。

元々そういう本がないか、ここに置いてないかのどちらかだ。

「ダメだな」

検索ってほんとムズカシイよな。

と思っていると、シュウが突如眉を寄せた。

ポケットに手を当てたシュウが、取り出したのはスマホだった。

「母さんからだ。まだあきらめてないのか……受けないって言ってるのに」

うんざりした顔をする。

え、こいつスマホ持ってんだ。

そんなことを思っていると、シュウは「ちょっと電話してくる」とスマホを手に外に出ていく。

図書館は通話禁止だからな。

おれはため息を吐いてぐるりと辺りを見回す。

すると。

「あ」

図書館のカウンターに大きな張り紙を見つけた。

『レファレンス始めました』……？」

レファレンスってなんか聞いたことがある……ような？

記憶を探り、おれはハッと顔を上げた。

そうだ。理花と前にやったじゃん。

中央図書館で！

9 理花の力を借りずに

おれはカウンターに向かうと、そこにいたお姉さんに声をかける。

「あの、レファレンス、お願いしたいんですが」

お姉さんが振り返る。

おれは、あれ？　と思った。

この人なんか見たことがある！

あ、確か、町田のためにお菓子を作ろうとしてたとき、中央図書館のことを教えてくれた人だ！

「ああ、あなた……前にアレルギーのお菓子について調べものしてた子だよね」

お姉さんも見覚えがあったのか、笑った。

「あのときはありがとうございました！」

「で、レファレンスを希望してるってことだけど」

あれ？　と思う。

レファレンスのことも、このお姉さんに教えてもらったんだよな。

あのときは確か、修業中だからまだできないみたいなこと言ってたけど……。

「お姉さん、資格取ったんですか？」

「うん、この間ね！　それでこのコーナーができたんだ。やってみたいって言ったらOKもらえて」

すげえ。お姉さんが進化してる！

おれはなんだか嬉しくなりながらも口を開く。

「ええと、今回はともだち……」

ともだち？　口にすると、なんだか違和感があった。

でも、今はこだわってる場合じゃないし、とおれは続ける。

「……が受験で、体調が悪いみたいだから、免疫力のつくお菓子をプレゼントしようって思って。しょうがに免疫力を上げる効果があるってところまで調べたんです」

「そっかあ、素敵だね」

お姉さんはそう言いながらメモをとっている。

おれは続けた。

「ジンジャーエールだったら、おいしくていいかなって作ってみたんだけど、それだと体が冷えてしまうみたいで意味がなさそうで。おれ、しょうがの力——**体を温める力をちゃんと使える、おいしい菓子を作りたいんです**」

頭をフル回転してなんとか説明を終えると、お姉さんはうなずいた。

「うーん……しょうがの力、かあ。ちょっと待ってて」

お姉さんはムズカシそうな顔をしながらも、メモを持って、奥に置いてあるパソコンのところへと向かった。

時間がかかっているみたいで、お姉さんはなかなか戻ってこない。

ふと思い出す。

あ。そういえば。

シュウはどこいったんだ？

あのまま帰ったのか？

館内をキョロキョロと見回していると、お姉さんが戻ってきた。

「これなんかどうかな」

お姉さんはプリントされた紙を手渡した。

「『長生き健康法』『これで元気！　薬膳料理』？」

読み上げたおれは首を傾げた。

「長生き？」

理花は小学生なんだけど……。

「タイトルはちょっと……だけど、たぶん役に立つと思うよ」

お姉さんはくすくすと笑った。

「薬膳ってのはなんですか」

「うん、簡単にいうと薬になる食事のことかな？」

薬!?

「え、それ読みたい！　ありがとうございました！」

おれはメモを頼りに本を探す。

薬膳料理の本はレシピ本のエリアにあった。

理花が勉強しているエリアの近くだ。

うわあ、理花に見つからないように……っと。

素早く手に取ると、理花のいる場所から離れた閲覧コーナーに行って読んでみる。けど……。

「うーん……料理、だな」

タイトル通り、載っているのは料理だった。

ちょっとがっかりしつつも、おれはとあるフレーズをみて首を傾げる。

『加熱すると効果がアップ！』

加熱？

そういえば……と思い出す。

熱を加えることで結果が変わること、結構あったなって。

キラキラと目を輝かせて発見を教えてくれた、理花の顔が思い浮かぶ。

『クリームの失敗の原因、わかったんだ！　ゆで卵だよ！』

あれは、じいちゃんの弟子認定試験で、カスタードクリームを作ったとき。

カスタードクリームは材料を混ぜただけではできなくって、卵が熱で固まるからあんな風にモ
ツタリとしたクリームになるんだった。

他にも、そうだ。

『焦げてるからだ！』

焼きマシュマロでは熱の加え方で、砂糖の変化の仕方が変わることを知ったし。

アップルパイを作ったときもだ。

『そらくんの手、ゆりちゃんよりあったかい！！！！』

パイ生地を作るとき、バターが体温で溶けて、膨らまなくって失敗した。

他にも、パンを作ったときは、温かい場所で発酵させないと膨らまなかったし、チョコレートのテンパリングでも、温度が重要だった。

って考えると、**温度ってめちゃくちゃ大事じゃね……!?**

ってことは。

おれは本を開く。

そしてじっくりと読む。

ムズカシイ言葉が出てくるたびに理花に助けを求めたくなる。けど、今回だけは、理花にたよらずにやらないとダメだから。

辞書を借りてきて必死で読んで、読んで、読んで——。

やがて、おれはとある文にたどり着いた。

書いてあったのは、読むのを後回しにしていた『長生き健康法』。

『しょうがの体温アップ作用は、主にジンゲロールやショウガオールなどの辛味成分によってもたらされるが、加熱しないまま使うと、主に含まれる成分がジンゲロールとなり、これは体の表面に近い末梢血管を広げ、一時的に体を温めるものの、発汗を促して体を冷やすことがある』」

ん？　**加熱しないまま使うと……体を冷やす？**

って書いてないか、これ。

もう一度読む。

確かにそう読めた気がする。

国語、そんなに得意じゃないけど、たぶんあってる！

興奮しながら続きを読んだおれは、飛び上がりそうになった。

「『加熱すると生じるショウガオールは、体の深部の血流を活発にして、体を芯から温める作用をもつ』」

ってことは！

「そっか！　加熱すれば、体を芯から温める、免疫力アップにつながるショウガオールができるってこと……だよな!?」

思わず口に出したとたん、

「シー！　静かに～！」

と声がかかる。

びっくりして顔を上げると、司書のお姉さんが隣にいた。

おれはあわてて口に手を当てて、黙った。

お姉さんはいたずらっぽく笑って、囁く。

「それで、何かわかった？」

「これ、役に立ちました！　ありがとうございます！」

おれは『長生き健康法』を手に取って、小声でお礼を言う。

まさかこれが役に立つとはな！

「よかった～!!」

お姉さんは嬉しそうにガッツポーズをしたんだ。

「と、原因がわかったところで……」

肝心の菓子はどうすればいいんだって問題になる。

おれはうーんと考え込んだ。

しょうがを加熱して作る菓子。

基本的に、菓子は加熱して作るものなんだけど、しょうがと菓子ってやっぱりあんまり結びつかないな……という最初の問題に逆戻りしてしまった。

薬膳料理の本を見てみるけれど、料理が主で、菓子についてはほとんど書いていない。

最後の方のページにしょうがシロップを使った、**アップルジンジャーティ**のレシピがあるだけだった。

うーん。アップルジンジャーティ。ありかも。

でも、菓子かって言われるとなあ。飲み物だし、持ち運びもどうしよう。

悩んでいると、

「広瀬、帰ったんじゃなかったんだ」

と小さな声がした。

シュウだった。

おれは驚く。

「いなくなったから、帰ったかと思ってた」

小声で言うと、シュウも小声で返してきた。

「そっちこそ。あきらめたのかと思った」

そんなわけねーだろ。

ムッとしつつも、おれは言う。

「ジンジャーエールがダメな理由、わかったぞ」

おれがさっき調べた、ジンゲロールとショウガオールのことを話すと、シュウはちょっと目を見開く。

「それ、広瀬が一人で？」

「レファレンスで本を選んでもらって調べた」

「……ふうん。やるじゃん」

え？　褒めた？

おれは耳を疑う。

だけどシュウは普段通りの無表情。

聞き間違い？

そう思っていると、シュウは「僕はこれを調べてた」と抱えていた本を机に置く。

その本はなぜだかクリスマスのお菓子の本。

「季節はずれじゃねえ？」

「確かにそうだけど……これなんかどうかなって」

シュウは本を開いた。

「最初にしょうがって聞いたとき、僕はまずジンジャーブレッドマンが浮かんだ」

「ジンジャーブレッドマン？」

おれはそういえばと思い出す。

フルールもクリスマスシーズンには、限定メニューで売っていたかも。

オーナメントとして飾る、スパイスがたくさん入ってて、辛くて甘いクッキー。

「あのときは、季節はずれだって思って言わなかった。でも、由来を考えたらアリじゃないかなって」

「由来……」

「このクッキーは、昔ヨーロッパで伝染病が流行したとき、しょうがが予防に効果的だから、積極的に摂るように推奨されたのが始まりらしい」

シュウが本を開いて、そこにあった文字に目が吸い寄せられる。

『香辛料は魔除けの意味があり、家族の無病息災を願って作られた――』

無病息災。

なんだか気になったおれは、辞書を開いて調べる。

するとそこには書いてあった。

『病気をしないで健康であること』

「……これ」

掠れた声で言うと、シュウがうなずく。

「体を温めて免疫力アップの効能がある上に、無病息災の願いがこもっている。今の理花ちゃんに、ぴったりのお菓子じゃない？」

本に載っていたレシピをコピーさせてもらう。

ついでに、どうしてるかなって閲覧コーナーの様子を見ると、理花はまだ机にかじり付くようにして問題を解いていた。

がんばれ。

そう心の中でつぶやいて、家に戻っているとシュウもついてきた。

「手伝うって言ったろ」

「……まあ、いいけど。ってか、さっき電話かかって来てたけど大丈夫なのか？」

電話がかかって来たとき、ちょっとゲンナリした顔をしていたのが気になった。

「親と塾の先生が、千波開明を受けてくれって。でも、僕は千河に行くって決めてるから」

「……理花が行くから？」

「バカにするなよ。僕は科学を勉強したいって思って受験を決めたのに、たとえ偏差値が高くてもそれができない学校に行ってもしょうがない」

「すげえな、おまえ」

「今頃気づいたの？」

そんな会話をしているうちに家に着く。

じいちゃんの家の台所でおれとシュウは二人。

気まずい。

なんなんだこの状況。

そう思いつつも、おれはエプロンと三角巾をシュウに手渡す。

「手、洗えよ？」

そして自分も手を洗って準備をした。

「材料は……っと。無塩バター100g、三温糖90g、卵黄1個分、おろししょうが10g、薄力粉200g、シナモンパウダー小さじ1」

コピーのレシピを一通り読んだあと、おれは材料を揃えていく。

シナモンパウダーだけなかったから、フルールで分けてもらう。

材料が揃ったら、作業開始だ。

「『1．無塩バターは電子レンジを使って室温まで温める。薄力粉とシナモンパウダーは合わせてふるっておく』……か。シュウ、材料の計量頼む」

電子レンジを使って、慎重に、様子を見ながらバターを室温に戻す。

ふと見ると、シュウは丁寧に材料を量っていた。

でも。周りには粉がこぼれている。

こういうのあんまり得意じゃなかったっけ……そう思ってると、シュウはムッとした顔になる。

「不器用で悪かったな」

大丈夫か？

ちょっと心配になりながらもおれは粉をふるい、次に進む。

「『2．バターを泡立て器でクリーム状になるまで混ぜる。三温糖を二回に分けて加えてふんわりするまでよく混ぜ合わせる』」

おれはバターを泡立て器で混ぜる。

これはかなり修業してたし得意だった。

「砂糖——三温糖、半分ずつ入れてくれる？」

シュウはうなずいて三温糖をボウルに入れる。

「『3．卵黄を少しずつ混ぜ合わせる。おろししょうがを加えて更に混ぜる』」

卵は……シュウには無理か。

おれは手早く卵を割ると黄身と白身を分ける。

そして黄身だけを混ぜて二回に分けて加えた。

シュウがすげえなって顔をしてるのが、ちょっとだけ誇らしい。

シュウがしょうがを入れると次だ。

おれはそこで、ちらりとレシピをみやる。

『4．ふるった薄力粉とシナモンパウダーを加えて、粉っぽさがなくなるまで混ぜ合わせる。平らにしてラップに包んで冷蔵庫で最低一時間以上寝かせる。
5．3～4㎜ほどの厚さに伸ばした生地を型でぬいて、オーブンシートを敷いた天板に並べる。
6．予熱した180℃のオーブンで十～十三分焼く』
一気に最後まで確認したところで、おれは時計を見た。

もう四時を過ぎて、窓の外は暗くなりかけていた。

うーん、今日はここまでだな。

「シュウ。ここまででいい。ありがと」

「……わかった」

そう答えつつもちょっと落ち込んだ様子。

「あんまり役に立てなくて、ごめん」

おれはあわてた。

もしかしてジャマになってるとか……思ったのか？

「いや、単に『**寝かし**』が入るからだって」

「寝かし？」

おれが4の『最低一時間以上寝かせる』を指差すと、シュウはああ、とホッとしたような顔になる。

「菓子作りってさ、時間かかんだよ。**でも、その時間が菓子をおいしくする。おれ、今は時間があるから、じっくり丁寧にやりたい**」

そう言ったおれは思いつく。

そうだ。丁寧に。時間をかける。あわてないほうがいい。

それに。

「そうだ、シュウ。——明日の夕方、空いてるか？」

はあぁ……。

学校から帰ったわたしはぐったりとソファに沈み込んだ。

今日もなんとか学校に行ったけど、なんとなく体調がすぐれないまま。

相変わらず良く眠れなくて、いつも疲れてる。頭が痛いし、体はだるいし、薬でごまかしてなんとかしてる。

それでもがんばらないと。

あとちょっとなんだから。

そう思っていると、ピンポンとチャイムの音がした。

なんだろ？

重たい体を持ち上げてモニターをのぞき込んだわたしは、目を丸くし、すぐさま玄関に飛び出した。

だって！

玄関のドアを開けると、そらくんと、ゆりちゃんななちゃんみぃちゃんと桔平くん、それにシュウくんにユウちゃんまで。みんなが勢揃いしていたんだ。

「ど、どうしたの!?」

尋ねると、みんなが真ん中に立っていたそらくんを見る。

そらくんはちょっと緊張したような顔で、紙袋を差し出した。

「理花、これ」

袋をのぞき込むと、瓶と、人の形をしたクッキーが入っていた。

「これ……」

「アップルジンジャーシロップと、ジンジャーブレッドマンクッキー。みんなで協力して作っ

たんだ」

　そらくんが言うと、ゆりちゃんが「ほとんどそらくんがつくったんだけどね」と付け加える。

「でも、アイディアを一緒に考えてくれたし、シュウは手伝ってくれた」

　そらくんが言うと、

「ソラはほんとさあ、フェアプレーの塊だよね。ユウたち、ほとんどなにもしてないから」

　ユウちゃんが呆れた顔で、シュウくんを見た。

　シュウくんはなんとなくムズカシイ顔だ。

「手伝ったと言ってもほとんど広瀬が作った。僕は菓子作り苦手だから」

　シュウくんが？　手伝った⁉

　そらくんを見ると、そらくんはちょっと気まずそうに頭をかく。

「これ体が温まってさぁ、免疫力が上がるらしい。だから、しっかり体調を整えて、受験、がんばってくれよな」

　みんながニコニコと笑ってうなずいている。

　応援してくれてるのが伝わってきて、じんと胸が熱くなってきた。

　思わずぽろりと目から涙がこぼれると、みんなは「やっぱり泣いちゃった」とくすくす笑った。

ぐい、と涙を拭う。

「がんばるよ。これがあったら、絶対大丈夫だと思う」

お腹の底から力が湧いてくるのを感じながら、わたしは笑ったんだ。

10 本番はポカポカで

いよいよやってきた試験当日。

早起きして準備を終えたわたしは、キッチンにいた。

この間、そらくんたちにもらったプレゼントには、アップルジンジャーシロップのレシピが添えられていて、ここ数日、それを使って作ったアップルジンジャーティを飲んでいたんだ。

これを飲んでいるおかげなのか、ここ数日は体がポカポカしていた。

アップルジンジャーシロップのレシピは、わたしやママでも作れるくらいに簡単。
1．リンゴ1個の皮をむき、芯を取って1㎝の薄切りにする。しょうが35ｇは皮付きのまま薄切りにする。
2．鍋にリンゴとしょうが、1個分のレモン汁とレモンの皮、砂糖100ｇを入れて混ぜ合わせる。
3．水分が出てきたら水1カップを入れて火にかける。沸騰したらアクを取って、落し蓋をして弱火で三十分煮込む。焦げ付かないよう、時々かき混ぜる。

4．味を見て、ちょうどよければ、熱湯消毒した容器に入れて完成。

ちなみに、使ったリンゴは桔平くんからもらったものだ。

少しピリッとしてて、お腹からじんわりと温まってくる。パパとママも飲んだけど、すごくおいしいねって好評だった。

保温ポットにアップルジンジャーティを詰めると、準備完了。

ママが声をかけた。

「じゃあ、行こう」

わたしは力強くうなずいた。

千河学院に着くと、わたしは控室でアップルジンジャーティを一口飲む。そして、小さな紙袋を取り出した。

お守りみたいに持っているのは、甘くてピリリと辛いジンジャーブレッドマンクッキー。

人型をしたクッキーは、今日も笑顔だ。

その顔が、昨日会ったそらくんに重なる。

そらくん、昨日の夕方、わたしの家にやってきたんだ。

「なくなる頃だと思って、追加のクッキー焼いてきた！」

って言って。

大事に毎日一枚ずつ食べてたんだけど、前の日にちょうど食べ終わってしまって。

まるで見てたかのようで、びっくりしてしまったんだよね。

そらくん、渡すだけ渡したら、ジャマしたらいけないってダッシュで帰ってしまったんだけど、
そんなところまでそらくんらしくって笑っちゃった。

思い出すと、ふふ、と笑いが込み上げてくる。

肩が揺れるわたしを、隣にいた子が不審そうに見た。

あ。試験前なのに緊張感ないとか思われちゃったかな。

でも、笑ったおかげで、かなりリラックスできちゃった。

体もポカポカだけど、心がポカポカしていた。

そらくんと、みんなのおかげだと思った。

だから、今回は、絶対大丈夫。

力を全部、出し切れるよ。

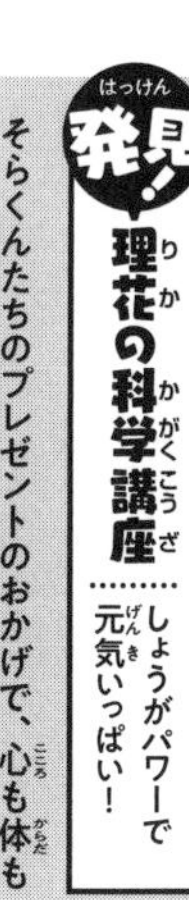

そらくんたちのプレゼントのおかげで、心も体もポカポカ♪　不安だった試験を乗り越えられたよ！　レファレンスで調べたそらくんが教えてくれたんだけど、ピリッと辛いしょうがは血のめぐりを良くして体を芯から温めてくれるんだって。

アップルジンジャーティのピリッとしたおいしさがクセになるよ！

さらにくわしく！

同じしょうがでも、生のしょうがは、汗をかくのを促して体温を下げてくれるのに対して、スープやジンジャーティのように加熱したしょうがは、胃腸の動きを活発にして体の内側から体温を上げてくれるよ。

しょうがの載った冷ややっこを食べると体が冷えるから、夏にはピッタリかも！

11 広瀬のそういうところが

試験が終わって、千河学院から帰っていると、駅の改札にシュウくんが立っていた。

あれ？

「シュウくん、どうしたの？」

なにか用事かな？

不思議に思っていると、

「えっと、理花ちゃん、どうだったかなって。試験終わってから、待ってた」

「試験？」

え、シュウくん、まだ受験終わってなかったの？

「千波開明を受けてきたんだ」

ど、どういうこと？　千波開明!?

びっくりしてしまう。

シュウくんはチラッとママを見た。

ママはちょっと目を丸くしたあと、

「込み入った話があるって感じねえ」

と苦笑いをする。

そして「じゃあママは先に行ってるね。二人で帰れるよね？」と言った。

わたしはちょっととまどったけど、うなずいた。

シュウくん、何か話があるんだって思った。

告白されたことが頭をよぎると怖くなる。

でも、だからといって逃げて帰るの、イヤだなって思ったんだ。

だって、シュウくん、ずっとわたしのこと心配してくれてた。ずいぶん助けられた。

だから、ちゃんと向き合わないとって思った。


駅の近くの公園に行くと、シュウくんは尋ねた。

「試験、は？」

シュウくんはちょっとだけ聞きづらそうだった。

「今までで一番できたと思う」

今回は今までにない手応えがあった。

不安がないわけじゃないけど、これでダメならもうしょうがないって思えるくらいには、全力を出し切れた。

「よかった……」

シュウくんはほっとしたような顔でうなずいた。

「みんなのおかげだよ。それで、えっと……シュウくんは？　千波開明って……」

あのあと、まだ志望校で悩んでたりしたのかな。

わたしがためらいつつ聞くと、

「単に力試しをしてきただけ。同じ学校に行けること、祈ってる」

「そっか……」

合格発表が出たらすぐに手続きをしないといけないから、結構急いで行く学校を決めないといけない。

わたしは千河学院以外は考えてないから、悩まなくてすんでるけど、シュウくんは南邦大附属とかも合格してるし、悩むと思った。

「かなり揉めたけど、万が一受かっても千河に行きたいから、行かせてくれるなら受けるって言ったんだ。僕は科学者になりたいから」

揉めたんだ……。

塾の先生たちの反応を見ていると、なんとなく、そんな気がしてた。

もったいないって思われてるんだろうな。

「自分の道を自分で決められるシュウくんは、強いね」

心底思う。

わたしだったらきっと、グラグラしちゃったと思うんだよね。

自分の価値は自分で決めるって思ったけど、やっぱり大人の意見に立ち向かうには勇気がいる。

しかもそれが自分の親だったり、信頼している先生となると、本当に強い意志がないと折れてしまいそうだ。

「ここまでがんばった理花ちゃんの方が強いよ。僕なんかよりずっと」

「そうかなあ……」

「僕は、」

シュウくんがそこで言葉を飲み込み、大きく息を吸った。

わたしは思わず息を止める。

そのまっすぐで真剣なまなざしで、シュウくんが何を言うのか、わかってしまったから。

「……そんな理花ちゃんが好きだ」

「…………」

「だから、ぼくと付き合ってほしい」

言われるような気がしていたけれど、本当に言われると、やっぱりびっくりしてしまう。

だけど、まっすぐに伝えてくれたからこそ、わたしもごまかさずに答えないとって思った。

「……わたしね、そらくんが好きなんだ」

シュウくんは「やっぱ、そうか」とうなずいた。

その顔にはあきらめが滲んでいく。

こんな顔させて、申し訳ないなって思う。

でも。

「わたし、へこたれそうになると、そらくんのこと思い出した。だから、ここまでがんばれたんだ」

そらくんがいてくれたから、わたしはシュウくんが言うような「強い」わたしになれたんだと

思う。

「そらくんは、わたしのこと相棒だって思ってるけど、やっぱりあきらめきれないから、シュウくんの気持ちは受け取れない」

そう言って精一杯の力で笑うと、シュウくんはキョトンとした顔になる。

「え？」

え……って……何？

「広瀬……、まだ何も言ってないの？」

「何を？」

今度はわたしがキョトンとする番だった。

シュウくんはわたしの問いには答えずに首を振ると、

「あいつ、約束を律儀に守ってたってこと？　あんな不利な条件なのに？」

とつぶやく。

約束？　ってなに？

と思ったけれど、ふと思い出す。

そういえば、そらくんの口から『約束』って何回か聞いたような気がする。

その『約束』のこと？

問うように見るけれど、シュウくんは首を横に振って答えをはぐらかす。

「らしいと言えば、らしいんだけど……まさかそこまでとはな。ほんと、ユウの言う通り、**フェアプレーの塊**だ」

シュウくんはやがて大きなため息を吐いた。

んんん？　フェアプレー？

「理花ちゃんは……広瀬のそういうところが好きなんだろうな」

そういうところってどこだろう。

意味はよくわからないままだったけれど。

でも、わたしはそらくんのどんなところも好きだって思った。だから、

「……うん！」

わたしは力強くうなずいたんだ。

12 サクラはサクか？

そしてやってきた**合格発表**の日。
わたしはパソコンの前で真剣な顔。
パパとママは顔がこわばっていて、さっきから息を止めている。
わたしは、朝から三十回目くらいの深呼吸をしている。
合格発表はこれで三度目だというのにまったく慣れない。
チッチッチッ。
リビングの時計の針の音が、すごく大きな音に聞こえていた。
そして、秒針が12へとたどり着く。
パソコンの時刻が10：00に変わったのを確認して、
「時間だ」
「見るよ」

パパとママの声に、わたしはうなずく。

そして震える手でポチッとボタンをクリックした。

結果を見た直後、わたしはフルールへと走っていた。

今すぐ。

今すぐに伝えたい。

そらくん。

そらくん。

そらくん！

桜の木の曲がり角までやって来たとき、

「うわっ!?」

わたしは前からやってきた人にぶつかりそうになる。

後ろに転びそうになったわたしをその人があわてたように支えてくれる。

わっ、ごめんなさい！

でもその人の姿が目に入るなり、ギョッとする。

「理花!?」

そこにいたのはそらくんだった。

そらくんは直後、口を開いた。

「今日、結果発表だったよな!?」

そらくんが息を呑んで、わたしを食い入るように見つめてくる。

わたしは大きく首を縦に振った。

そらくんの目がみるみる見開かれる。

なんだか飛び上がりたいような気持ちになりながら、わたしは言った。

「わたし、合格、したよ！」

「やったあああ！！！」

直後、そらくんがわたしを力一杯抱きしめた。

そしてバン、バン、バンと背中を叩く。

えええええっ!?⁇

そ、そらくん!?

びっくりして固まっていると、そらくんは「あ、ごめん！　つい」とハッとしたようにわたしを離した。

う、うわあああ、び、びっくりしたああ……！

で、でも、アレだよね、きっと。

試合に勝ったときにチームメイトとハグしたり、そういうやつっ！

で、でも！

めちゃくちゃ、嬉しいよ……！

「と、とにかく……やったな！　理花！」

そらくんはちょっとだけ赤い顔でそう言うと、両手をあげる。

「ありがとう。わたし、やったよ……！」

わたしは力一杯うなずくと、その手に思い切りハイタッチをしたんだ。

そらくんはそのままわたしの手を握る。

そして言った。

「みんなに伝えに行こうぜ！」

飛んでいきそうな勢いでそらくんは駆け出す。

わたしはうなずくと、そらくんと一緒に公園へと走り出した。

公園には、なぜかみんなが勢揃い。

「みんな！」

わたしが声を掛けると、振り返ったみんなの顔に緊張が走る。

わたしは、息を大きく吸う。

「わたし、合格したよ!!」

大きな声でそう伝えると、

「「「うわあああああ、やったあああああ！！！」」」

こわばっていたみんなの顔が、花が咲いたみたいに、一気にほころんだんだ。

13 道は違うけれど

合格発表から数日は、手続きやら何やらで慌ただしく過ぎていった。

ようやく一息つけたその日、わたしは頭を抱えていた。

「うーん、どうしてこうなるんだろ……」

今日は建国記念日で学校はお休みだ。だから、**受験が終わったらやろうって思ってたことに取り組んでいたんだ。**

でも、実験は、成功には程遠い。

ううう、どうしよう。

時間、もうあんまりないのに……！

でも、お昼が近づいた頃、

「理花ちゃん、行こう〜！」

ゆりちゃんがうちに迎えにきた。

え、もうそんな時間!?

わたしは作業を中断すると、あわてて片付けをして実験室から飛び出す。

先週から遊ぼうって誘われてはいたんだけど、どこに行くのか、何をするのかはまったく知らされていなかった。

道路に出ると、ゆりちゃんはわたしの手を摑んで早歩き。

なんだか急いでるけど、一体何!?

「理花ちゃん、早く早く！」

「えー、何!?　どこに行くの!?」

でも、ゆりちゃんが向かっているのは学校の方だ。

ちょっとイヤな予感がしたとたん、桜の木の曲がり角でゆりちゃんは曲がった。

えええ!?　ってことは！

何度も通ってるからわかる。

こ、これって、絶対フルールに向かっているよね!?

しかももうすぐ、**バレンタインデー**。

ってことは、も、もしかして。

……もしかして！

ゆりちゃん、わたしに、告白させようとか思ってる!?

「ゆ、ゆりちゃん、ちょ、ちょっと待って！」

わたしは立ち止まる。

もしわたしの予想が正しかったら、〝いろいろ〟と準備ができてないよ！

「行くのって、そ、そらくんの家？」

ゆりちゃんはちょっとぎくりとした顔をしたけれど、すぐにしょうがなさそうにうなずいた。

「うん……そうだよ」

「も、もしかして、もうすぐバレンタインデーだから……とか？」

恐る恐る尋ねると、ゆりちゃんは一瞬キョトンとしたあと、ニヤッと笑った。

「それはぁ、行ってのお楽しみ！」

ええええ……!?

どういうこと!?

うわああ、どうしよう……！

心の準備も何もできてないよ……！

そもそも渡すものが、まだできてないんだよ……！

手ぶらで告白はしたくない！

わたしは半ば引きずられるようにして、そらくんのおじいちゃんの家に連れて行かれた。

うわああん、着いちゃった！

玄関の扉が開いた、次の瞬間。

ぶわっ！

両脇からたくさんの紙吹雪が降ってきて、わたしは目を見開いた。

え？

「「「理花ちゃん、合格おめでとー！！！」」」

そこには、ななちゃん、みぃちゃん、ユウちゃん、桔平くんが立っていた。

ええええ？？？

ま、前もこんなこと、なかったっけ？

デジャブ？

びっくりしすぎて固まっていると、後ろから「わりー、遅くなった！　シュウがそういうの苦手って逃げ帰ろうとするもんだから……」と声がして。

振り向くと、そらくんとシュウくんがいた。

シュウくん!?

「「シュウくん、合格おめでとー！！！」」

ななちゃん、みぃちゃん、ゆりちゃんが言って、桔平くんとユウちゃんが再び紙吹雪を降らせた。

う、うわああ、これって。

「二人のために『合格おめでとうパーティ』やりまーす!!」

ユウちゃんが元気よく言って、わたしとシュウくんを部屋の中に連れて行った。

お座敷のテーブルの上には料理がたくさん並んでいる。

壁には飾り付けがたくさん！

その中央には大きな模造紙が貼ってあって『合格おめでとう！！！』って書いてあった。

ようやくわかる。

これってサプライズパーティだ！

「え、この間もパーティしてくれたのに……！」

わたしは誕生日のパーティを思い出して、泣きそうになってしまう。

「あれはあれ、これはこれ」

ユウちゃんがししし、と笑う。

「シュウは誕生日パーティも兼ねてるし」

そらくんが言うとみんながびっくり。

「え、そうなの？」

「さっき迎えに行ったとき、シュウの妹が『にいにの誕生日だから？』って言ってた」

見ると、シュウくんは渋々のようにうなずいた。

「僕は……二月十二日生まれ」

「明日じゃん！　言えよ！　ともだちだろ！」

桔平くんが言うと、シュウくんは一瞬目を瞬かせたあと、「みんな……ありがとう」と小声で言った。

その顔がちょっと赤い。

わたしもハッとする。

「あ、ありがとう、みんな!!!　わたし、みんなのおかげで合格できた!!!」

お礼を言うと、みんながニコニコ顔になる。

「これユウの父ちゃんからで、これはじいちゃんと叶さんから。あ、ユウとおれも手伝った」

そらくんが料理を指差して説明してくれるけれど、全部すごいごちそうだった。

プロが作ってるから当たり前だけど！

それをみんなでおいしくいただいて。

料理がなくなる頃に、ふとユウちゃんが言った。

「……もうすぐ卒業だよねえ」

その言葉にみんながしんみりとする。

そうだよね。

あと一ケ月とちょっとで卒業式。

「中学行ったらユウはみんなと同じ学校に行けるから嬉しいけど……理花ちゃんとシュウは……」

わたしはうなずく。

わたしは、みんなとは違う学校に行く。

お別れする覚悟は、受験を決めたときにしていたはず。

でもやっぱり、いざそうなると思うと寂しいよ～～!!

「で、でも！　学校違っても、ずっともだちだからね!!」

ゆりちゃんが言って、

「大体、近所なんだし！」

「いつでも遊ぼうね！」

ななちゃんとみぃちゃんがそれぞれ続けた。

うわああん……！

「みんな、ありがとう……！」

ユウちゃんがチラッとそらくんを見て、わたしもつられて見ると、そらくんはちょっと複雑そうな顔でシュウくんを見ていた。

「理花とシュウは、これから三年間、同じ学校……か」

え？

「中高一貫だから六年間だよ？」

シュウくんが、涼しい顔で言うと、

「……六年？」

そらくんがギョッとする。

「し、知らなかったの？」

わたしもそらくんにびっくり。

てっきり知ってるかと思ってた！

そらくんは「六年……って……まじか」とぼうぜんとつぶやく。

そしてわたしに向き直ると、深呼吸をした。

「理花、あのさ」

え？　何？

真剣な表情に、わたしは思わず息を呑んだ。

でも、その直後。

「へえっくしょい！」

桔平くんが大きなくしゃみ。

そらくんはハッとして周りを見回したあと、なぜか息を潜めて様子をうかがっていたみんなを見て、急に顔を赤くした。

「いや……えっと……なんでもねー」

そして、そのまま黙り込んでしまったんだ。

14

あきらめきれない

楽しいパーティが終わって、家に帰るとわたしはすぐさま実験室にこもる。

だって、実験の続き、やらないと間に合わないから!!

実は、わたしがやっていた実験っていうのは……。

冷蔵庫から取り出したものを見て、わたしはため息を吐いた。

出てきたのはスポンジケーキ……の失敗作。

そうなんだ。

わたし、ケーキ作りに挑戦することにしたんだ。

しかも、単なるケーキじゃない。

そらくんの好物はメロンだから。

メロンを使ったお菓子をあげたいなって考えて。

でもメロンのお菓子って思いつかなくって色々調べた末に、たどり着いたのは『**丸ごとメロン**

ケーキ』だった。

インターネットで写真を見た瞬間、これだって思ったんだ。

わたしみたいな初心者には無謀かもって思ったけど。

でもだからこそ、やろうって思った。

ジンジャーブレッドマンクッキーと、アップルジンジャーティ。

あの二つ、実はすごく大変だったんだって、ゆりちゃんたちに教えてもらった。

しょうがが免疫力を上げること。

そして加熱することでより体が温まるようになるってことを、そらくんが図書館まで行って調べて突き止めてきたって。

そらくんがたくさんがんばってくれたの知ってるから、わたしだってがんばれるって思った。

そうして、がんばったら……**これがちゃんと成功したら、もう一度、好きって伝えてみようって。**

そう自分で決めたんだ。

「で、でもこれじゃあ、とても渡せないよ……」

ケーキは失敗してぺたんこで、わたしは頭を抱えていた。

そもそも、しょっぱなの、卵を割るところから大苦戦だったんだ。

これは前から苦手なんだけど、殻がぐしゃってなっちゃって、ボウルに入っちゃうし、黄身は破れちゃうし。

ずっと前、そらくんに言われたけど、力の込め方がダメなんだと思う。

そらくんは片手で割れるくらいに上手なんだけど、どれだけ練習したんだろうって思う。

卵がなんとか割れるようになったかと思うと、今度はすぐに疲れちゃって休んじゃうからか、全然卵が泡立たない。

試しにそのまま粉を混ぜて焼いたら、見事にペシャンコのケーキになっちゃった。

そらくんだったら、きっとうまく泡立てられるんだろうな……って思ったら、さっそくそらくんに頼りたくなってしまう。

でも、こればっかりはそらくんに頼るわけにはいかない。

わたしが一人でやり切らないと意味がない。

でも。

「うーん……」

翌日も失敗。

泡立ちをよくする方法を調べたら、ハンドミキサーを使えばいいとわかって、使うことにしたんだけど、それを使ってもダメ。

オーブンを予熱していなくて、オーブンが温まるのを待っている間に途中で泡が萎んでしまったんだ。


そしてバレンタインデーの前日である今日も、失敗だ。

今度は小麦粉を入れてから混ぜすぎたせい。

混ぜすぎがダメなのは、ホットケーキと同じ理由で、ゴムみたいに伸び縮みする**グルテン**ができすぎてしまうからってのもあるけど、泡が潰れてしまうのも大きいらしい。

三つのケーキの失敗原因をまとめて考えてみると、どうやらスポンジケーキに大事なのは、**『泡立て』**ってこと。

泡立てが足りなくてもダメ。

泡立てたあと混ぜすぎてもダメ。

どうしてもちょうどいい泡立ての状態がわからなくって、結果、いい感じに膨らまないんだ。

とにかく、泡立てがネック。

どのくらいがちょうどいいか、目で見てもわたしにはわからない。

だから他に確認する方法があればいいんだけど……。

そんなことを考えながら、わたしは道具を洗い始める。

洗剤をスポンジにつけて。

そして何回も握って泡立てる。

もこもこの泡がすぐにできて、手のひらから溢れた。

さわるとふわふわで軽い感触。

このくらい簡単に泡立つと楽なのになあ……。


洗い物を終えて家に戻る。

パソコンを開いていたら、ママが言った。

「理花、もうそろそろ寝ないとダメよ」

時計を見るといつの間にか九時だった。

「も、もうちょっとだけ……」

そう言って、わたしは失敗について調べる。

もう時間がない。

今日は遅いから、明日の朝作るのが最後だと思うし、材料ももうないし、失敗は許されないよ
……！

焦りながら調べていると、ふとある言葉が目に飛び込んできた。

「……『泡立ち』？」

頭の中に、さっきのスポンジの泡がふとよぎる。

わたしは思わずそのページを開いて、食い入るようにそれを読んだ。

『泡立ち具合を確認するには比重を量る方法もあります』

比重？　って聞いたことがあるような？

『容量100ccのカップにすり切って入れた生地の重さを量ることで、生地の中に含まれた気泡の量がわかるのです』

そ、そっか。

わたしは思い出した。

昔、そらくんが計量カップで小麦粉を量ってたことを思い出す。

あのとき、**水と小麦粉では同じ容量の100ccでも、重さが違った。**

それと同じだ。

それに、そうだ！

さっき使ってた洗剤でも、**泡立てる前のものと、いっぱい泡立てたものだと、容量ごとの重さが違うよね!?**

そのページには、「卵を泡立て終わった段階では、22〜25g程度、他の材料を加えて生地ができ上がった段階では42〜45gくらいが良い」と書いてある。

うわあ、数値だったら、わたしでもわかる！

これなら、きっとなんとかなる！


そうして翌日は、いよいよバレンタインデーの朝だった。

わたしは早起きして実験室に向かった。

さっそく卵を泡立てると計量カップに100cc入れる。

量ると30gでまだちょっと重い。

慎重に泡立てて、量ると——25g！　よし!!　って、あ！　そろそろオーブンを予熱しないと！

他の失敗にも気をつけつつ、泡立てた卵に他の材料を混ぜてしまう。

そうして再び量る。

「やった……、44g！」

わたしはドキドキしながら型に流し込む。

ちょうどオーブンも温まって準備は整った。

予熱よし。

泡立ても気をつけて。

気泡は潰れてない！

――今度こそ！

わたしは祈るような気持ちでオーブンにケーキを入れたんだ。

「で、できたあああ……」

オーブンを開けるとふんわりと膨らんだケー

キが見えた。

思わずわたしはその場にしゃがみ込んだ。

慎重に取り出してケーキを冷ます。

「これで、なんとか間に合いそう……？」

って感動してる場合じゃない。

時計を見るともうお昼だった！

残るは、**デコレーション！**

センスも何もないから心配ではあるんだけど、なんとかするしかない……！

レシピの説明をよく読んで、メロンの頭の部分を慎重にカットすると、そこからスプーンで中身をくり抜く。

そうしてできたメロンの皮の器に、スポンジケーキと泡立てた生クリームとくり抜いたメロンの果実を順番に入れていく。

「……できた……！」

ちょっと歪だけど！

でも、なんとかインターネットで見たのと同じケーキになった！

あきらめなくってよかった……！

これで、告白のリベンジができる……！

喜びと同時に、ふと不安が湧き上がった。

そらくん、家にいるかどうかも聞いてないし、大丈夫かな。

去年のことを思い出すと、余計に焦る。

そ、そうだった。

自分のことで必死だったけど、卒業も間近だし、大量のチョコレート攻めにあってる可能性大!!

引っ張りだこだろうし、そもそも会えなかったらどうしよう……！

不安になりながらも、わたしは丸ごとメロンケーキをきれいにラッピングして、保冷剤と一緒に保冷バッグに入れる。

そして大あわてで家を出たんだ。

15 今が、すべて

「『究極の菓子』ってなんだよ……」


バレンタインデーのその日、じいちゃんちの台所で、おれは何度も自分に問いかけていた。

シュウとの約束は、理花の受験が終わるまでだった。

だから発表が終わったあとは、おれはもう自由で、いつでも告白できたけど。

二人きりになれるチャンスがなくって、なかなか言えなかった。

理花って、結構人目を気にするところがあるし。ひやかされるのだって苦手っぽいし。

おれだって、さすがに人前で言うのは恥ずかしい。ユウみたいに堂々とはできねえって。

でも、絶対言わないとって思ってたから、**バレンタインデーに、理花のための菓子を作って渡そうって決めたんだ。**

一般的には女子が男子にっていう行事だけど、日本以外では男女関係なく、好きな人にプレゼントを渡して気持ちを伝える日だっていうし。

おれのじいちゃんもばあちゃんにケーキを焼いてたから。

そして……**気持ちを伝えるなら、定番のチョコレート菓子じゃなくて、理花の『究極の菓子』を渡したい。**

だからそれを作ろうとしてたんだけど……。

今、テーブルの上には『究極のレシピノート』から厳選して作った菓子が散乱している。

バタークッキー、ホットケーキ、カスタードコロネ。

フルーツゼリーに、マシュマロ、アップルパイに、ドーナツ。

マリトッツォとフルーツ生どら焼き、ジンジャーブレッドマンクッキー。

ちなみに、飴で作った花束、わたあめはシュウを思い出したからやめて、スノーボールクッキーは今回は時間があるからやめておいた。

全部、理花がおいしいって言ったものだった。

だけど、今日渡すにふさわしいものかと言われるとわからなくなった。

理花の究極の菓子は、この中にあるのか？

考えれば考えるほど混乱してくる。

時計がポンと音を立て、見るともう昼だった。

やばい。

チンタラしてたら、バレンタインが終わっちまう。バレンタインを逃したら、次のチャンスはいつになるかわかんねえ。

卒業して学校がわかれたら、六年間も離れ離れだ。

三年でも長いなって思ってたのに、その倍で、しかもその間、理花はシュウと学校生活を送るわけで……。

っていうか、そうだ。

今日、理花と何の約束もしてなかったけど、もしかして、シュウのところに行ってたりしたら、どうするんだ、おれ!?

理花はおれに振られたって思ってる。

だからもうおれのこと、単なる相棒だって思ってるかもしれない。

今度はおれが振られる番かもしれないし、これからのパートナーとして、シュウを選ぶかもしれない。

そんなことを考えると、なんだかすごくあせってきた。

『シュウくん、これから六年間……よろしくね』

シュウにチョコレートを渡している理花が頭に浮かび、

「うわあああ……」

頭を抱えたそのとき。

「そら、おい、聞こえてるか？」

じいちゃんのその声に、何気なく振り返ったおれは、目を見開いた。

そらくんの家に行ってみたものの留守だった。

心が折れかけてしょんぼりしてたところで、ちょうど鉢合わせしたそらくんのおじいちゃんがお家に入れてくれたんだ。

ギュッと保冷バッグの紐を握りしめる。

ううう、どう言って渡す？

ストレートに好きですって言う？　でも、それでちゃんと伝わるかな？　だってそらくんだよ？

廊下を歩いている間に、頭の中がパンパンになってくる。

台所に入ると、そらくんがこちらに背中を向けて何かつぶやいている。

振り向かないそらくんに、おじいちゃんが声をかけた。

「そら、おい、聞こえてるか？」

その声に、ようやくそらくんが振り向く。

「え？　理花？」

そらくんはわたしに気づくと、ずさっと後退りをした。

とたん、お菓子が散乱したテーブルが見えてわたしはギョッとしてしまった。

ど、どうしたの、その山のようなお菓子!?

しかも、よく見ると……これ、今までに作ったお菓子ばっかりだ！

「これ、は、えっと――」

そらくんは目を泳がせて動揺している。

おじいちゃんはちょっと呆れたような顔になると、大きなため息を吐いた。

「そら、ここぞというときに優柔不断はいかんぞ。キッパリ、ハッキリだからな？」

と言い聞かせるように言うと、「理花ちゃん、ごゆっくり」とフルールに戻ってしまった。

えええ、何!?

目を白黒させるわたしの前で、そらくんは、大きく深呼吸をした。

「おれ……考えてたんだ」

「考え、て？　何を？」

わたしは手に持った保冷バッグを、ひとまず後ろ手に隠す。

だって、今、とても告白するような雰囲気じゃないよね!?

「理花にとっての、『究極の菓子』ってなんだろって」

そらくんはそう言うと、まっすぐにわたしを見た。

真剣なまなざしにどきりとする。

「理花はイチゴが好きだろ？　だから最初、イチゴののったケーキかなって思ったんだ」

そらくんはパンケーキで作ったケーキを指さす。

イチゴがのったそれは、前——一昨年の誕生日にもらったケーキだ。

それまでの失敗を生かした、ふわふわで、すごくおいしいカスタードと生クリームがのっているケーキだった。

「でもこれは一昨年と同じで、芸がねーなって。何より、ずっとやってきたことを考えると、何か足りない気がしてしょうがないっていうか」

「足りない？」

そらくんは『究極のレシピノート』を取り出した。

「おれたち、『究極の菓子』についてずっと考えてきたけど、何が正解なのかやっぱりわかんねえ」

そらくんは次にクッキーを手に取る。

それはわたしたちが最初に作ったもの。

ホワイトデーのお返しにももらった、サクサクでおいしいクッキーだ。

サクサクにするのは、重曹を使って気泡を作るのがコツだった。

料理は科学だって気づいた、最初のお菓子。

そらくんは「これも、究極じゃない気がする」とつぶやき、クッキーを置く。そして、ドーナツ、フルーツ生どら焼きを手に取った。

「おいしいものを作るには、渡す人の好きなものを作る必要があって。それを知るためには本音を汲み取らないといけなくって」

本音を伝えるお菓子。

わたしもそらくんにチョコレートを渡そうとしたとき、そらくんの欲しいもの、わからなくって悩んだな。

「本音を汲み取ったあとは、丁寧に時間をかける必要があって。さらには好きなものでも体に良くないといけなくって、体調を整えるものであれば、なおよい」

そらくんはマリトッツォ、チーズケーキ、ジンジャーブレッドマンクッキーをそれぞれ手にしては、テーブルに戻した。そして途方に暮れた顔をする。

「でもさ。全部叶えるのなんて、無理じゃね……？　そもそも、こっちが本音だって思ってるものが違えば、それは押し付けでしかなくなっちまうだろ？」

ふと飴で作った花束と、シュウくんの言葉が頭の中に蘇る。

『大きなお世話って知ってる？』

そう言って、シュウくんは怒った。

「おれ、理花の本音、わかんねー」

ギブアップ、とでも言いそうな顔をして、そらくんはわたしを見た。

「……だから、聞かせて。理花は、一体、何が食べたい？」

真っ直ぐなまなざしが心に直接触れるような気がして、わたしは息が止まった。

「理花の、『究極の菓子』って、なんだ？」

そらくんの気持ちがただただ嬉しくて。

胸がぐっと詰まる。

もう、わたし、この気持ちだけで十分だ。

わたしのことを考えてくれてるだけで。

泣きそうになりながら、わたしは言った。

「わたしの『究極の菓子』はね……ここにある、そらくんが作ってくれたお菓子、全部だよ」

今でも、お菓子をもらったときのことが鮮やかに蘇る。

みんなのために一緒に作ったお菓子も。

二人で作ったらすごくおいしかった。

わたしのために作ってくれたお菓子は、その気持ちだけで全部おいしかった。

どんなものでも嬉しかった。

「全部、究極だったよ」

目を見開くそらくんに、わたしはうなずいた。

「わたしのために作ってくれた誕生日ケーキも、バレンタインデーのイチゴチョコも、ホワイトデーのクッキーも、入試のときのスノーボールクッキーも、ジンジャーブレッドマンクッキーもアップルジンジャーティも、全部」

言ってわたしは気がついた。

そのときそのときで、全部が究極だったってことは。

ああ、そうか。

究極は、変わるんだ。

そうなんだ。

たどり着いた答えは、すとん、と胸の真ん中に収まった。

「そらくん。わたし、わかったかも」

「わかった？　って何が？」

そらくんがとまどった顔で尋ねる。

「時と、場所と、相手によって、『究極の菓子』は変わるんだよ」

「時と、場所と、相手によって？」

わたしはうなずく。

「究極は変わる。そらくんがそのときそのときに一生懸命考えてくれたから、全部究極で、おいしかったんだよ」

『今』このときのために、そらくんが作ってくれたなら、全部究極だって思った。

「究極は、変わる……」

そらくんはわたしをじっと見つめたまま、ぼうぜんとつぶやく。

やがて、そらくんはハッとしたようにうなずいた。

「究極が変わるなら——それなら、おれ、ずっと理花の『究極の菓子』作り続けたい。理花の隣で、じいちゃんになっても、ずっと」

ずっと。

その言葉に胸が震えてしまう。

だって、それはわたしが一番望んでいた言葉だ。

わたし、ずっとそらくんの隣で、お菓子作り、していたい。

……って、あれ？　じいちゃん……？　って、どういう、いみ？

固まったわたしを、そらくんは心配そうにのぞき込む。

「えっと……理花？」

突如近くに現れた顔に、
うわあああああ！　近い!!

わたしは手に持ったままだった保冷バッグを取り落とす。
きゃあああああああ!?!?
でも、そらくんがすんでのところでキャッチ！　あああよかったあああ！！！
「あっぶねえ……って何これ。重……」
そらくんが保冷バッグをわたしに差し出した。
わたしはそれをあわてて受け取ると、中身が無事か確かめる。
ああ、だ、大丈夫そう!?
簡単に崩れるようなケーキにしてなくってよかった!!
そらくんが心配そうにのぞき込もうとするけど、わあああ、まだダメ！
わたしは保冷バッグのチャックを閉じてからハッとした。
で、でもこれを渡しにきたんだよ、わたし！
逃げてちゃ、ダメだよ!!
「え、ええっと……そ、そらくん、わたし……わたし、」
ごくん、と喉がなる。
ああ、みっともない！

でもそんなこと言ってられない！

「これ！！！　受け取ってください！！！」

勢いで保冷バッグを差し出す。

そらくんは目を丸くしたまま受け取って、中身を見てさらにびっくりした顔になった。

「これ、え？　メロン……、じゃあないな。中に何か入ってる。あれ、スポンジケーキ？」

そらくんがケーキを取り出した。

「ま、丸ごとメロンケーキ、だよ」

「ケーキ……え、理花が作ったのか？　え、スポンジケーキまで？」

わたしは真っ赤な顔でうなずいた。

「これが作れたら、バレンタインで告白リベンジしようって決めて……振られたあとも好きで、あきらめきれなくって……！」

と言い訳みたいに言っているうちに、わたしはハッとした。

そういえば、今日ってバレンタインだよね!?

「あ。バレンタインデーなのに、チョコレート関係ないケーキ作っちゃった!?」

わ、わたし、どうしてこう抜けてるわけ!?

告白するなら、チョコレートケーキだよ！！！　伝わらないじゃん！！！

あわあわしていると、そらくんが遮った。

「落ち着け。理花。おれ、理花のこと振ってない」

え？

ど、どういうこと？

そらくんは力強くうなずく。

そして申し訳なさそうな顔をして頭をかいた。

「去年のバレンタインに理花にチョコもらったときさ、好きな子以外からは受け取らないって決めてたのにどうしても欲しくてさ」

わたしは思い出す。

そうだ、あのとき、そらくん、チョコレート、受け取ってくれた……。

杏奈ちゃんには好きなやつからしか受け取らないって、言ってた……よね。

ふとかすかな期待が胸の中に浮かび上がる。

でも、そんなわけ、ない。

期待を抑え込むようにしてわたしは尋ねた。

「で、でも、ホワイトデーで」

クッキーをもらった。クッキーの意味は、ずっとともだちでいようってことで。

「おれ……ホワイトデーに渡すクッキーの意味、知らなかった。ごめん」

「ええええええ」

今度こそわたしは床にぺたんと座り込んでしまう。

知らなかった……って。

でも、納得してしまう。

だって、わたしも教えてもらうまで知らなかったし、ましてや恋愛に興味がないそらくんだもん。

お返しのお菓子の意味とか、知ってるわけがない！！！

あ、そういえば、言ってた。

スノーボールクッキーもらったとき。

クッキーに意味がないとか、なんとか！

って……え。

それって、つまり……、つまり？

導き出された答えは一つ。

でも、その答えがあっているとは、とても思えなかった。

信じられない気持ちで見つめていると、そらくんが大きく深呼吸をする。

そしてわたしの前に膝をつくと目線を合わせた。

そして、まっすぐにわたしを見つめ、口を開いた。

「おれ、理花が、好きだ」

そらくんが、わたしを、好き？

「本当、に？」

だって、長い間片思いをしてたから。

全然実感がわかなかった。

「ほんとだって」

そらくんが苦笑いをした。

それでも信じられない気持ちで見つめていると、そらくんがちょっと口を尖らせた。

「ごめんな。理花がゴカイしてるって気づいてからすぐに言いたかったんだけど、シュウに『受験のジャマになる』って言われてさ」

そ、そんなことが!?

うわあああ……悩みに悩んだあの時間は、一体……。

と思ったけど、もし両思いだって知ったら、シュウくんが言うようにわたし浮かれちゃって受験失敗してたかもしれないし、そらくんと一緒の学校に行きたくなっちゃってたかもしれない……よね。

「やっと言えた。よかったあああ……」

そらくんがほっとしたように言うと、丸ごとメロンケーキを見てニコニコとした。

「これ、食べていい!? めっちゃうまそう」

「え、あ、うん! そらくんみたいにうまくはできなかったけど……」

自信がなくって小さくなると、そらくんは力一杯言った。

「これは、おれにとっての『究極の菓子』。だって好きな子が、おれのために作ってくれたケーキだから!!! 一生忘れねえ!!!」

うわあああ、す、好きな子って、言ってくれた!!

そらくんが、わたしを好きって、ほ、ほんとのほんとなんだ……!

じわじわと実感する。

感激で胸を詰まらせていると、そらくんが腕まくりをする。

「じゃあ、おれ、今から理花の『究極の菓子』、作るからさ」

そらくんはニッと笑う。

そしてわたしの顔をのぞき込んだ。


「理花——今日は、何食べたい？」


今日はっていう言葉に、幸せで幸せで胸がいっぱいだった。

だって、今日の次には明日がある。明日の次には明後日が。わたしがおばあちゃんになるまで、そんな日が、続く。

想像して、笑いながら泣いて、泣きながら笑う。

今だったらそらくんが作ってくれたものは全部『究極』だよ。

そう思いながらも、考える。

「じゃあ、わたしは——」

答えると、そらくんが笑って「任せとけ」と腕まくりをしたんだ。

16 油断なんてしない

「――石橋脩」

「はい」

壇上にシュウくんが上がる。

シュウくんは白いブレザーを着ていて、すごく似合っている。

そして、

「答辞」

おごそかに答辞を読み上げはじめた。

「校長先生、先生方、そして保護者の皆様、本日は僕たちの卒業式にお越しいただき、誠にありがとうございます。卒業生を代表して、心から感謝の気持ちを述べさせていただきます――」

シュウくんはほとんど原稿を見ていない。

背筋をピンと伸ばし、堂々としているシュウくんを、みんなが感心したような顔で見上げている。

「皆で行った修学旅行、皆で協力してがんばった運動会。それ以外にも、季節ごとにいろんな活動に勤しみました」

シュウくんの言葉でいろんなことが思い出された。

季節ごとにいろんなことがあった。

夏祭りに花火、キャンプと自由研究、そらくんがフランスに行っちゃったり、お店でアップルパイを作ったり。

ハロウィンではみぃちゃんのアレルギーで悩み、クリスマスには受験で悩んで。

バレンタインではそらくんと相棒を解消して、ホワイトデーで再結成。

「僕は五年生で転校してきたのですが、温かく迎えてくれたクラスメイトの皆さんのおかげで、クラスになじむことができました」

そうだったな。シュウくんとも色々あったな。

運動会ではシュウくんとケンカして、七夕ではゆりちゃんの挑戦とダイエット事件。

そしてそらくんは野球、わたしは受験でお菓子作りを休止。

そして、乗り越えた今、わたしたちは約束通り、合流した。

「たくさんの挑戦と失敗がありました。だけど、失敗はすべて僕たちの糧となり、成長させてくれるものでした」

ほんとに、ほんとに、いろんなことがあったなぁ……。

「――最後に、僕たちを温かく見守り、支えてくださった校長先生、先生方、保護者の皆様、そして仲間たちに心から感謝申し上げます。本当にありがとうございました。卒業生代表、石橋脩」

先生に頼まれて渋々引き受けていたけれど、さすがシュウくん。引き受けたからには全力だ。すごく立派な答辞だった。

卒業式が終わると、校庭で別れを惜しむ。

皆中学の制服を着て、花を胸に差している。

うちの小学校では、中学の制服を着て卒業式に出る子が多いんだけど、そらくんと桔平くんはグレーのブレザー。

大きくなることを見越して作ってあるから、ちょっとブカブカだ。うん、でも、二人ともすぐにちょうど良くなりそうだなって思った。

ゆりちゃん、ななちゃん、みぃちゃんも、そらくんたちと同じブレザーに可愛いチェックのプリーツスカートを履いていて、すごく似合ってた。

そんな中、わたしとシュウくんだけ別の中学の制服を着ていた。シュウくんは白いブレザーに濃い緑のスラックス。

わたしもシュウくんと同じく白のブレザーに濃い緑のスカートだ。

「千河の制服可愛い〜〜」

みんなで写真を撮っていると、ゆりちゃんたちがうらやましそうに言った。

「ゆりちゃんたちも可愛いよ！」

そらくんと一緒の制服、うらやましいなって思う。

だって、これから三年間、そらくんと一緒の学校に行けるとか。

そう思っていると、ゆりちゃんがわたしの耳元で囁く。

「そらくんがウワキしないように見張っておくからね！」

わああ！　心の底にあった心配事！

顔に出てた!?

だ、だって、そらくんどんどんカッコよくなるし！

プロ野球のジュニアチームに入ったことでさらに注目されて、学外でも有名人になっちゃったし！

「そらくんがするわけないよ。そもそもニブイから告白されてもたぶん気づかないし」

みぃちゃんがひどいことをさらっと言い、

「最高の彼女がいるって、学校中に言いふらしておくから大丈夫！」

ななちゃんがすごいことを言ったとき、

「理花！　写真二人で撮ろうぜ！」

そらくんがわたしに声をかけ、わたしはギョッとした。

ひえっ、今の聞かれてないよね!?

って、ええと。

「二人で？」

恐る恐る尋ねると、

「ダメ？」

そらくんがちょっと不安そうにした。

わたしとそらくんが付き合ってること、実は、まだ他のクラスメイトにはバレてない。

でも……ううう、ここで一緒に写真とか撮ったら、平田くんに見つかっちゃうんじゃ……。

でもわたしはそんな考えを振り切って、首を横に振る。

「ううん、ダメじゃない！」

だって、もうこんなチャンス、なくなっちゃうから。

人がなんと言おうとかまわないじゃん！

そらくんとの思い出、欲しいよ！

「わたしもそらくんと写真、撮りたい！」

そう言うとそらくんは嬉しそうに笑う。

菜の花を背に二人で並ぶ。

そらくんがすごく嬉しそうに笑って、わたしも嬉しくなった。

「あ、あれ……そらくんが女子と二人で写真撮ってる」

「ほんとだ！」

「え、でもなんで、佐々木さん？」

ヒソヒソと声がするけれど、もう気にしない。

わたし、そらくんの隣に立つのに、ふさわしくないなんて、もう思わない。

わたしは、ちゃんと、そらくんにふさわしい相棒だ。

だから、ビクビクせず、胸を張ろう。

「おふたりさん、笑って笑って！　はい、チーズ！」

カメラマンの桔平くんが言って、わたしは笑顔を作る。

ゆりちゃんたちがニコニコとすごく嬉しそうに見つめている。

「あれ見て！」

「え、そらくんと佐々木さん？」

「相棒って言ってたから、それでじゃない？」

ザワリザワリと声が伝染し、広がり続ける。

そんな中、人混みをかき分けるようにして、シュウくんがこちらに向かってきた。

視線を集めながらやってきたシュウくんは、わたしたちの前で立ち止まる。

とたん、わたしとそらくんとシュウくんは注目の的になってしまう。

う、うわああ。

みんなが見てる！

「そうだ、佐々木さんは、シュウくんとウワサになってたよね？　ってことは、違うんじゃや？」

あ。まだそのウワサ信じてる人いるんだ!?

「同じ制服着てるし、同じ学校行くんだよね？　もう付き合ってるんじゃないの？」

って、違うから〜!!

わたしがそらくんをチラリと見ると、そらくんはあからさまにムッとした顔。

ど、どうしよう……。

興味津々な視線が突き刺さる中、シュウくんはわたしの前に立つと、握手を求める。

「理花ちゃん、一緒の学校に行けて嬉しいよ。これから六年間、仲良くしようね」

なんでこの状況でそんなこと言うわけ!?

ご、ゴカイを招くよそれ！

わたしが動揺していると、そらくんのまなざしがさらに鋭くなり、わたしを庇うように前に立つ。

そんなそらくんにシュウくんはニヤリと笑う。

「広瀬、僕はさ、あきらめが悪いんだ。油断したら、どうなるかわかるよね？」

ひ、ひえええ……!?

あきらめが悪いって……ま、まさか、まだ、わたしのこと好きってこと!?

だとしたら、これから六年間がすごく大変なことになっちゃうよ……!?

そう思ってあわあわしたけれど、シュウくんはわたしのことは少しも見ずに、そらくんを挑むように見つめていた。

「油断なんか、するもんか」

そらくんはニヤッと不敵に笑う。

わたしの手を握る。

そして周りをぐるりと見回すと、大きな声で宣言した。


「理花はおれの彼女だから。絶対、誰にも渡さねーからな!」


周囲が一瞬静まり返ったあと、どどどっと沸く。

「「「えええええええ!?　彼女!?!?」」」

うわあああ!?　言っちゃった!?

真っ赤になるわたしに、そらくんはイタズラが成功したような顔で笑う。

そして、

「行くぞ！　理花！」

と言って、駆け出す。

わたしもうなずいて門の方へと走り出す。

飛び出した先には、どこまでも澄み切った空が広がっていた。

エピローグ　旅立ちの日

ごおおおとエンジン音が響き渡り、飛行機がどんどんと加速していく。

やがて滑走路を走る白い機体がふわっと地面を飛び立った。

わたしの前で飛行機を見ていたユウちゃんがこちらを振り返ると、イライラとした様子で文句を言った。

「あいつ何してんだよ。ほんと。こんな日に理花ちゃん待たせるとか」

ユウちゃんは、大学生になった今も、相変わらずすごくきれいな顔をしている。

ただ、やっぱりそらくんの従兄弟。

すらっと背が高くなって、顔立ちも可愛いって言うよりはカッコよくなっていた。

アイドルって言ってもおかしくないくらいで、街を歩いていると、普通にスカウトされるらしい。

もちろん、すごくモテてて、彼女のゆりちゃんは心配で大変みたい。

といっても、ゆりちゃんも相変わらずすっごく可愛いんだけどね。

そのゆりちゃんがつぶやいた。

「そんなに簡単に会えなくなるのに……」

二人は今日、忙しい中、空港まで見送りに来てくれたんだ。

ゆりちゃんたちとは中学に進んで学校が別々になったあとも、変わらず仲良しのままだ。

もともとご近所だし、顔を合わすことも結構あったから。

何よりそらくんとのお菓子作りが、みんなとわたしをつないでくれている気がする。

そのそらくんは、今も野球とお菓子作りを続けている。

野球の方は、高校最後の大会でもピッチャーとして大活躍で、プロのスカウトからも注目を浴びた。

すごいなあって思う。

すごいなあって思いつつも、なんだか遠い人になる気がして寂しい気持ちもあった。

でも。

結局そらくんは悩んだ末に、進学の道を選んだんだ。

野球も勉強もしたいからって。

自分の夢を叶えるには、まだ学校で勉強したいことがあるからって。

今は、東京の大学で、勉強と野球をがんばってる。

昔、宣言した、**どっちも欲張る**っていう言葉通りに。

そして今日は、旅立ちの日だった。

わたしはぐるりとロビーを見回した。

たくさんの乗客に混じって、見送りの人もいる。

ソワソワとした空気を肌に感じると、いよいよだなってわたしも思う。

そらくんとしばしのお別れだ。

そらくんはそらくんの道を行く。

——そしてわたしも、わたしの道を行く。

『お客様にご案内いたします。パリ・シャルル・ド・ゴール空港行きのフライト○○便はただ今より搭乗手続きを開始いたします。ご搭乗のお客様は、搭乗券とパスポートをご用意の上、○○番ゲートへお越しください』

館内放送が流れて、わたしは顔を上げた。

ゆりちゃんが泣きそうな顔になった。

「どうしよう、そらくん、間に合わないじゃん」

「あいつこんなときに。ほんとどうかしてる。迷子かもしれないし、ちょっと見てくるね」

ユウちゃんがスマホを手に、回れ右をした。

迷子……って。さすがにひどい。もう大人だよ？

ユウちゃんを見ながらちょっと苦笑いしていると、ゆりちゃんが心配そうにわたしを見た。

「理花ちゃん……ほんとにこれでいいの？」

わたしはすぐにうなずく。

迷いはもう、一年前くらいには捨てていた。

わたしは、フランスの学校に留学することにしたんだ。

グランゼコールっていうのは、フランスの高等教育機関で、大学よりさらに専門的な技術や知識を学ぶ場所。

わたし、国内の大学——家から遠くてとても通えないから一人暮らしをしていたんだけど——に進学したんだけれど、そのフランスの学校でわたしの本当にやりたい研究をしている研究室を見つけて。

悩んだ末に、フランスに留学して勉強をすることに決めたんだ。

「大丈夫だよ。大体、ここしばらく、わたし県外にいたんだし。国内でもフランスでも遠いことには変わりないよ」

それはわたしがまた離れ離れなのが辛くて悩んだとき、そらくんが何度も言い聞かせてくれた言葉だった。

『究極の実験』をするんだろ？

おれに、それ見せてほしい。

だから、先に行っておれの分まで勉強しておいてくれよ、理花。

スーツケースの持ち手を握ると、わたしは足を踏み出した。

そのとき、

「――理花！」

わたしは振り向く。

赤みがかった髪、高い背と鍛えられた大きな体をした、端整な顔立ちの男の子。

カッコよさには磨きがかかって、高校野球のテレビ中継があったときはＳＮＳで話題になるくらいだった。

でも、まっすぐで優しい眼差しだけは、小学生のときのまま。

出入り口に現れたのはそらくんだった。

「そら、遅いよ」

わたしは笑う。

「悪い。思ったより時間かかった！」

そらくんがこんなときに来ないわけないって思ってた。

だって長い付き合いだもん。

こういうときに、颯爽と現れるのがそらくんだ。

「はい。いつものやつ」

そらくんが手渡してくれたのは、お菓子の包み。

紙袋には小さなロゴが一つ入っている。

『Patisserie　Fleur　de　Raison』っていうプライベートブランドだ。

そらくんがいつか開く予定の、完全オーダーメイドのパティスリー。

そして——今はわたしのためだけにあるパティスリーだ。

「今日の『究極の菓子』は、何？」

わたしが袋をのぞき込もうとすると、そらくんはそれを制した。

「それは、あとで開けてのお楽しみ」

ちょっと笑っていると、ゆりちゃんが呆れたように肩をすくめる。

「笑ってる。余裕だなあ、理花ちゃん」

捜索から戻ってきたユウちゃんもぼやいた。

「ユウだったら、さすがにもう離れるのイヤって言うよ」

二人は苦笑い。

でも、そらくんはドヤ顔だ。

「まあ、なんたって最強の相棒だし？」

「だからぁ、恋人でしょ」

すかさずユウちゃんが指摘すると、そらくんは何を今更と、肩をすくめつつ、

「恋人で、最強の相棒」

笑って言い直した。

「大体離れるって言ってもさぁ、今はネットで顔見れるし、おれ、金貯めてすぐに会いにいくし。

ほら、ばあちゃんのお墓参りもしたいしさ。——あ、そうだ。理花も一緒に行こうぜ！　ばあちゃんにもちゃんと紹介したいし」

軽く言うそらくんに、ゆりちゃんは呆れ顔だ。

「そらくん、近所に行くんじゃないんだから……フランスだよ？」

わたしも顔をひきつらせてしまう。

だって、おばあちゃんに紹介って……どういう意味。

ほんと、昔っからこういうことを深く考えずに言うんだから。

らしいって言ったら、らしいんだけどね。

深読みして誤解する側の気持ちにもなってほしい！

苦笑いをしていると、ユウちゃんがため息を吐いた。

「またそんな呑気なこと言って……。理花ちゃんが帰ってくる前に、また誰かに先越されるよ？」

「大丈夫だって」

「また」と「誰か」という言葉に、いろんなことを思い出していると、そらくんはわたしをのぞき込んだ。

「──だよな？」

そらくんは、ちょっとだけ不安そうな──泣きそうな顔になる。

だけどそれには気づかないふりをして。

わたしは力強くうなずくと、そらくんの大きな背にそっと手を回す。甘いバターの香りがして、
わたしは記憶に刻みつけるように深く息を吸う。

「もちろんだよ。だって、そもそもこれ、そらとの約束のためだから」

そして、安心させるように背を撫でると、そらくんもわたしをぎゅっと抱きしめる。

『パリ・シャルル・ド・ゴール空港行き○○便にご搭乗のお客様は──』

放送が流れ、わたしはそらくんから離れる。

そして大きく息を吐くと言った。

「──わたし、行くね」

「ああ。がんばれ、理花」

「そらも」

そらくんはうなずく。

その表情にかげりがないことを確認すると、わたしは手を上げる。

これはいつもの合図。
離れてても、わたしたちは、最強の相棒だっていう合図だ。
そらくんが手を合わせる。
小気味よい、パチンという音で、わたしとそらくんの笑顔が弾けた。

あとがき

こんにちは、やまもとふみです。『理花のおかしな実験室』の十三巻を読んでくれてありがとうございます！

とうとう最終巻。理花とそらの選んだ未来、いかがだったでしょうか。

このお話を最初に書き始めたのは、もう五年も前になるかと思います。角川つばさ文庫小説賞金賞という素晴らしい賞でデビューできただけでも本当にありがたいことなのに、その上、書きたいことを書きたいように書かせていただけて、本当に幸せな四年間でした。

理花たちとは長い間一緒にいたので、こうしてお話が終わるのはとてもさみしいのですが、物語が閉じたあともきっと、皆、自分の信じた道を歩いていてくれると思います。

最後まで皆さんの心に寄り添える物語であったら嬉しいなと思います。

ｎａｎａｏ様、最初に担当していただくイラストレーターさんを教えてもらった時、こんなすごい方に描いていただけるの!? と驚いたことを昨日のことのように思い出します。一度見たらどうしても手に取ってしまう、そんな吸引力のあるキュートなイラストをたくさんいただけて、本当に幸せでした。最終巻では特に、二人の強い絆を描いていただきありがとうございました。いただいたイラストはすべて宝物です！

担当Ｉ様には、いつもわたしの１２０％の力を引き出していただきました。お陰でわたしが想像していたより何倍も面白い物語を書くことができました。また、前担当のＯ様。素晴らしいシリーズ立ち上げのお陰で、最後まで物語を書き切ることができました！

他、編集部の皆様、デザイナー様、校正様、営業様、書店様と本に関わってくださった方々、いつも支えてくださる皆様、ありがとうございます！ 物語がここまで続いたのは、ご尽力くださった皆様のお陰です！

最後に、読者の皆さん。

四年間という長い間、公式ＨＰやお手紙、それからＳＮＳなどでのたくさんの感想、本当にありがとうございました！ 理花おかが好き！ その一言がどれだけ励みになったかわかりません。

シリーズ最終巻の感想、ぜひお待ちしております！

そして。最後にお知らせです。

『理花のおかしな実験室』は終わりますが、来年、新しいシリーズが始まります。

主人公の女の子が、訳あって入学したのは、男の子しかいない学園。しかも、そこはかなり独特なルールで運営されていて……。という、理花おか、それから『初恋タイムリミット』（※ポプラ社さんの別シリーズで、三巻まで発売中です！　どうぞよろしく！）ともまったく別の雰囲気のお話です。

主人公が強くて登場人物が全部曲者ぞろいの、とっても面白いお話なので、どうぞ応援よろしくお願いします！

やまもと　ふみ

※ファンレターのあて先はこちら！
〒１０２－８１７７　東京都千代田区富士見２－１３－３　株式会社ＫＡＤＯＫＡＷＡ 角川つばさ文庫編集部
「やまもとふみ先生 係」「ｎａｎａｏ先生 係」

理花の
おかしな実験室
完結おめでとうございます!
理花の
おかしな実験室
やまもと先生
編集部のみなさま
おつかれさまでした!
nanao

★参考文献★

『マギー キッチンサイエンス―食材から食卓まで』 Harold McGee（著）、香西みどり（監訳）、北山 薫・北山雅彦（訳）（共立出版）
『料理の科学大図鑑』 スチュアート・ファリモンド（著）、辻静雄料理教育研究所（日本語版監修）、熊谷玲美・渥美興子（訳）（河出書房新社）
『長生きショウガ新健康法大全』 根来秀幸・平柳 要・渡辺淳也・丁 宗鐵・赤石定典・武田 卓・松生恒夫・川嶋 朗（著）（文響社）
『中学受験をしようかなと思ったら読むマンガ』 日経DUAL（編集）、高瀬志帆（漫画）（小林延江（原作））（日経BP）
『二月の勝者 ―絶対合格の教室―』 高瀬志帆（著）（小学館）

やまもとふみ／作
福岡県出身で千葉県在住。やぎ座のＡ型。2020年、第８回角川つばさ文庫小説賞一般部門金賞を受賞。受賞作を改題・改稿した『理花のおかしな実験室①　お菓子づくりはナゾだらけ!?』で角川つばさ文庫デビュー。趣味は街の散策と野球の観戦。好きなスイーツはホットケーキ。作るより食べるほうが好き。
公式サイトは https://sites.google.com/view/fumi-yamamoto/

nanao／絵
５月25日生まれ。富山県出身。グッズイラストやMVイラスト等で活動中。小説挿絵は本シリーズが初担当作品。

角川つばさ文庫
理花のおかしな実験室⑬
究極のこたえ
作　やまもとふみ
絵　nanao

2024年11月13日　初版発行

発行者　山下直久
発　行　株式会社KADOKAWA
〒102-8177　東京都千代田区富士見 2-13-3
電話　0570-002-301（ナビダイヤル）
印　刷　大日本印刷株式会社
製　本　大日本印刷株式会社
装　丁　ムシカゴグラフィクス

ISBN978-4-04-632337-8　C8293　　N.D.C.913　186p　18cm

読者のみなさまからのお便りをお待ちしています。下のあて先まで送ってね。
いただいたお便りは、編集部から著者へおわたしいたします。
〒102-8177　東京都千代田区富士見 2-13-3　角川つばさ文庫編集部

第12回 角川つばさ文庫小説賞〈金賞〉受賞作

学校生活は平和。だけど、な——んかキラキラ✨が足りなーい!!
と思ってたほむらが出会ったのは「1人でいるのが得意☺」と
言いきるクルミくん。クルミくんの**秘めた才能**を知った
ほむらの頭に、あるアイディアが——**いっしょに「青春」したい!**
2人は**SNS**上の遊び、**#アオハルチャレンジ** を始めることに…!

角川つばさ文庫

わたし、みそら。ふつうの中学生なんだけど、実は、事故で記憶をなくしちゃったんだ……！　でも新学期、ロッカーから『好きな人』のことが書かれた日記を見つけたの。過去の自分のためにも、ヒミツの恋の記憶を思い出したい！　そんななか現れた、なにやらワケあり(!?)な３男子。彼らと目が合うと、頭にパッと映像が浮かんで、前にも同じ状況があった気がして……？　もしかして、『わたしの好きな人』って３男子の誰かなの!?

おれたち、つき合っちゃわない？——ウソで。

友だちゼロのわたし・桃瀬真魚が学年イチのモテ男子・皇くんに
話しかけられた！「桃瀬さん、“ぼっち”卒業したくない？」
そのためには皇くんと〈ウソのカレカノ〉に——って、
それはさすがにムリすぎる！

どっちつかずな「2分の1」のわたしたちの

ドタバタ学園ライフ、スタート！

角川つばさ文庫